Tausendundeine Nacht
Der Anfang und das glückliche Ende

Tausendundeine Nacht

Der Anfang und das glückliche Ende

Nach den ältesten arabischen
Handschriften ins Deutsche übertragen
von Claudia Ott

C.H.BECK

Mit 7 Kalligraphien von Mustafa Emary, Kairo

Der Anfang von *Tausendundeine Nacht* wurde entnommen aus:
«Tausendundeine Nacht.
Nach der ältesten arabischen Handschrift in der Ausgabe
von Muhsin Mahdi erstmals ins Deutsche übertragen von Claudia Ott»
(11. Auflage 2011, © Verlag C.H.Beck oHG, München 2004)
Das Ende von *Tausendundeine Nacht* stammt aus:
«Tausendundeine Nacht. Das glückliche Ende.
Nach der Handschrift der Raşit-Efendi-Bibliothek Kayseri
erstmals ins Deutsche übertragen von Claudia Ott»
(© Verlag C.H.Beck oHG, München 2016)

Die Ornamente im Text wurden mit freundlicher Genehmigung
des Autors folgendem Band entnommen:
Gerd Schneider, Pflanzliche Bauornamente der Seldschuken in
Kleinasien, Wiesbaden: Reichert, 1989

© Verlag C.H.Beck oHG, München 2018
Satz: Fotosatz Amann, Memmingen
Druck und Bindung: Pustet, Regensburg
Umschlaggestaltung: Konstanze Berner, München
Umschlagabbildung: Die indische Prinzessin Nadira Banu
entzündet ein Feuerwerk.
Moghulschule, 18. Jahrhundert, © akg-images/Werner Forman
Gedruckt auf säurefreiem, alterungsbeständigem Papier
(hergestellt aus chlorfrei gebleichtem Zellstoff)
Printed in Germany
ISBN 978 3 406 71404 7

www.chbeck.de

Inhalt

ↁ

Das glückliche Ende

Tausendundeine Nacht

Wie alles begann

بِسْمِ اللَّهِ الرَّحْمَنِ الرَّحِيمِ وَبِهِ ثِقَتِي

Im Namen Gottes, des Gnädigen, des Barmherzigen
Auf Ihn traue ich

Lob sei Gott, dem gütigen König, dem Schöpfer aller Kreatur und aller Menschen, der den Himmel aufgespannt hat ohne Säulen und die Erde als Lagerstätte ausgebreitet hat, der die Berge zu Pflöcken gemacht hat und Wasser quellen ließ aus dem leblosen Fels, der die Völker von Thamud, Ad und Pharao, des «Herrn der Pflöcke», zugrunde richtete. Ihn lobe ich, Ihn, den Erhabenen, für Seine rechte Leitung, die Er uns erwiesen hat, und danke Ihm für Seine Wohltaten, die nicht in Zahlen zu ermessen sind.

Unserem großzügigen, hochgebildeten und vornehmen Publikum sei hiermit kundgetan, dass dieses köstliche und sehnlich erwartete Buch mit der Absicht geschrieben wurde, einem jeden nützlich zu sein, der darin liest. Hier finden sich höchst lehrreiche Lebensgeschichten, dazu wunderbare Gedanken für Menschen von hoher Bildung. Man kann die Kunst der Rede aus ihnen ebenso lernen wie eine lückenlose Geschichte der Könige seit dem Anbeginn der Zeiten. Ich habe es «Das Buch von Tausendundeiner Nacht» genannt. ✿

Dieses Buch erzählt auch prachtvolle Lebensgeschichten, durch die jeder, der sie hört, Menschenkenntnis erwirbt, so dass ihn keine Hinterlist mehr treffen kann. Darüber hinaus wird dem Zuhörer Erholung und Freude zuteil in Zeiten des Kummers über die Zeitläufte, die zu bösen Taten verführen wollen, doch Gott, der Erhabene, leitet uns auf die rechte Bahn.

Die Geschichte von König Schahriyar und Schahrasad, der Tochter seines Wesirs

Der Erzähler und Verfasser spricht: Man hat erzählt – doch Gott allein kennt das Verborgene, und nur Er weiß, was einst wirklich geschah in den längst vergangenen Geschichten der Völker –, dass es in alter Zeit, als noch die Könige der Sasaniden herrschten, im Inselreich von Indien und China zwei Könige gab. Sie waren Brüder. Der Ältere hieß Schahriyar, der Jüngere Schahsaman. ✺ Schahriyar, der ältere der beiden, war ein gewaltiger Ritter und ein kühner Held, an dessen Feuer man sich besser nicht zum Wärmen setzte, dessen Kriegstrommel niemals verstummte und der auf keine Blutrache verzichtet hätte. Er herrschte über die entferntesten Länder und über alle Menschen. Die Länder waren ihm ergeben und seine Untertanen ihm gehorsam. Seinem Bruder Schahsaman gab er das Land von Samarkand als Königreich und setzte ihn dort als Sultan ein. Während jener dort lebte, blieb er in Indien und China wohnen. ✺ Das ging so zehn Jahre lang. Dann ergriff Schahriyar Sehnsucht nach seinem Bruder, dem jüngeren König. Er schickte ihm seinen Wesir – der Wesir aber hatte zwei Töchter: Schahrasad hieß die eine, Dinarasad die andere – und ließ ihm sagen, er solle sich auf den Weg machen und zu ihm kommen. Der Wesir rüstete sich zur Reise. Tage und Nächte lang war er unterwegs, bis er Samarkand erreichte. ✺ Schahsaman hörte von seiner Ankunft im Lande Samarkand. Mit einer Abordnung seiner vornehmsten Gefolgsleute ritt er ihm entgegen, saß von seinem Pferd ab, umarmte ihn und fragte, was es Neues gebe von seinem Bruder, dem großen König Schahriyar. Jener teilte ihm mit, es gehe ihm gut und er habe ihn gesandt, um ihn zu sich zu bitten. Schahsaman fügte sich seinem Befehl. Er ließ für den Wesir ein Lager aufschlagen außerhalb der Stadt und schaffte dorthin alles, was jener benötigte: Lebensmittel, Zelte und Einrichtung sowie Futter für die Tiere. Dann ließ er eine Menge Vieh für ihn schlachten und bot ihm alles an, was seine Vorratskammern bargen, überdies Geld, Pferde und Kamele. Zehn Tage lang erfüllte er seine Gastgeberpflichten. Währenddessen machte er sich selbst zur Reise fertig und übertrug einem seiner Kämmerer die Regierungsgeschäfte. Dann zog er, mit allem Notwendigen für die Reise versehen, aus der Stadt hinaus. Er verbrachte die Nacht bei dem Wesir des Bruders. Gegen Mitternacht aber kehrte er noch einmal in die Stadt zurück und begab sich zu seinem Palast, um seiner Frau Lebewohl zu sagen. Als er den Palast betrat, fand er seine Frau schlafend, und neben ihr lag ein anderer Mann. Es war einer von den Bediensteten in der Küche. Die beiden hielten einander eng umschlungen. ✂ Als Schahsaman dies sah, verdunkelte sich vor seinen Augen die Welt. Kopfschüttelnd stand er eine Weile vor dem Lager. «Und das, wo ich noch nicht einmal abgereist bin!», sprach er zu sich selbst. «Ich bin ja noch kaum aus meiner Stadt! Wie wird es erst zugehen, wenn ich mich auf die Reise gemacht habe zu meinem Bruder nach Indien? Und was wird nach meinem Tode hier geschehen? Nein, nein, auf die Frauen ist kein Verlass!» Und er geriet in unbezwingbare Wut. «Bei Gott!», empörte er sich. «Da bin ich nun schon König und Herrscher von Samarkand, und dann widerfährt mir das! Meine Frau betrügt mich, und diese Schande hier kommt über mich!» Noch einmal wuchs sein Zorn, er zog sein Schwert, erschlug die beiden – nämlich den Koch und seine Frau –, schleifte sie an den Füßen zum Palast hinaus und warf sie in den Wallgraben hinab. Dann eilte er wieder hinaus vor die Stadt zum Wesir des Bruders und ordnete den sofortigen Aufbruch an. ❧ Nun wurden die Trommeln geschlagen, und alles machte sich auf den Weg. Doch im Herzen des Königs Schahsaman brannte ein Feuer, das sich nicht ersticken ließ, und eine Flamme, die sich nicht unterdrücken ließ, wegen der Schmach, die er erlitten hatte durch seine Frau, die ihn betrogen hatte mit einem dahergelaufenen Koch, der als Küchenjunge bei ihm diente. ❧ Sie reisten schnell und ohne Unterbrechung, Tage und Nächte hindurch, zogen durch Wüsten und öde Gelände, bis sie endlich das Land des Königs Schahriyar erreicht hatten und der König ihnen zum Empfang entgegenkam. Sobald sein Auge auf sie fiel, schloss er seinen Bruder in die Arme, zog ihn in seine Nähe, nahm ihn gastfreundlich auf und ließ ihn in einem Palast, der seinem eigenen unmittelbar benachbart war, Wohnung nehmen. ❧ König Schahriyar hatte nämlich in einer Gartenanlage zwei große prachtvolle und majestätische Paläste errichten lassen. Der eine war für Gäste bestimmt, in dem anderen wohnte er selbst mit seinem Harem. Seinen Bruder Schahsaman ließ er in dem Palast für Gäste absteigen, nachdem zuvor die Diener dort geputzt, gewischt, Teppiche ausgelegt und die Fenster, die auf den Garten hinausblickten, geöffnet hatten. ❧ Den ganzen Tag über blieb Schahsaman bei seinem

Bruder. Für die Nacht begab er sich in den ihm zugewiesenen Palast, um dort zu schlafen und früh am nächsten Morgen wieder seinen Bruder aufzusuchen. Doch sobald er alleine war und darüber nachdachte, welches Grauen er mit seiner Frau erlebt hatte, seufzte er schwer, verriet aber keinem Menschen sein Geheimnis, sondern verbarg es kummervoll. «Warum musste gerade mir dieses entsetzliche Unglück zustoßen?», fragte er sich und begann zu hadern und vor Selbstmitleid krank zu werden. «Kein Mensch», so dachte er, «hat jemals so etwas erlebt!» Sein Gemüt wurde wie von Maden zerfressen. Er aß wenig, wurde blass, durch den Kummer veränderte sich sein ganzer Zustand, und so ging es immer weiter bergab mit ihm, bis sein Körper völlig abgemagert war und seine Hautfarbe gänzlich verändert aussah. ∞ *Der Autor der Geschichte spricht:* Als König Schahriyar sah, wie sein Bruder von Tag zu Tag verfiel und vor seinen Augen immer schmaler und schwächer wurde, eine gelbliche Hautfarbe annahm und sein gesamtes Aussehen veränderte, vermutete er, die Trennung und Entfernung von seinem Königreich und seiner Familie setzten ihm zu. «Diese Umgebung tut meinem Bruder nicht gut», sprach er zu sich selbst. «Ich will ihm ein schönes Geschenk machen und ihn dann wieder in sein Land zurückschicken.» Und der Sultan begann seinen Bruder Schahsaman mit Geschenken zu überhäufen. ∞ So ging es einen Monat lang. Dann rief König Schahriyar seinen Bruder zu sich. «Du musst wissen, mein Bruder», sprach er zu ihm, «dass ich vorhabe, frei wie die Gazellen umherzustreifen und auf eine Jagd zu ziehen, die zehn Tage dauern wird. Wenn ich zurückgekehrt bin, werde ich dich für deine Heimreise herrichten. Hast du Lust, mit mir auf die Jagd zu gehen?» – «Lieber Bruder», erwiderte jener, «meine Brust ist wie eingeschnürt und mein Gemüt beklommen. Lass mich, und ziehe du auf die Jagd, mit Gottes Segen und Seiner Hilfe!» Als Schahriyar seines Bruders Worte hörte, glaubte er, er habe Heimweh und wäre deshalb betrübt. Da er ihn nicht weiter bedrängen wollte, ließ er ihn allein und zog mit seinem Hofstaat und seinen Soldaten in die Wüste hinaus, wo sie das Wild zur Jagd einkreisten. ∞ *Der Autor der Geschichte spricht:* Wie aber erging es unterdessen Schahsaman? Nach dem Aufbruch seines Bruders Schahriyar saß er im Palast und schaute aus dem Fenster auf den Garten hinaus. Er betrachtete die Vögel und die Bäume, dachte an seine Frau und was sie ihm angetan hatte, zeigte offen seinen Kummer und seufzte schwer. ∞ *Der Erzähler spricht:* Während er so in Gedanken, seiner Qual und seinem Unglück versunken in den Himmel starrte, dann wieder auf den Garten blickte und seinen müden, abwesenden Blick dort schweifen ließ, sah er plötzlich, wie im Palast seines Bruders die geheime Tür geöffnet wurde. Heraus kam die Herrin, die Gemahlin seines Bruders. Zwischen zwanzig Sklavenmädchen, zehn weißen und zehn schwarzen, stolzierte sie daher, als ob sie eine Gazelle mit schwarz-weißen Augen wär'. Schahsaman konnte sie beobachten, ohne dass sie ihn bemerkten. Sie bewegten sich bis unter den Palast, in dem sich Schahsaman befand – immer noch so, dass sie ihn nicht sehen konnten. Sie glaubten wohl, er wäre mit dem Bruder auf die Jagd gezogen. Direkt vor dem Palast setzten sie sich nieder und legten die Kleider ab. ∞ Doch was war das? Zehn von ihnen waren schwarze Sklaven, und die zehn anderen waren hellhäutige Mädchen, obgleich sie alle Mädchenkleidung getragen hatten! Jetzt fielen die zehn Männer über die zehn Mädchen her. Die Herrin aber rief: «Masud! Masud!», worauf ein schwarzer Sklave aus dem Wipfel eines Baums zur Erde sprang, mit einem Satz bei ihr war, ihre Waden hob, sich zwischen ihre Oberschenkel warf und sie beschlief. ⊷ Und so sah es nun aus: Die zehn lagen auf den zehn, Masud auf der Herrin, und bis zum Mittag hörten sie nicht auf damit. Als sie endlich ihr Geschäft beendet hatten, erhoben sich alle, wuschen sich, die zehn männlichen Sklaven schlüpften wieder in die Mädchenkleider und mischten sich unter die zehn Mädchen, so dass jeder, der sie sah, sie für zwanzig Sklavenmädchen halten musste. Masud aber sprang über die Gartenmauer nach draußen und verschwand. Die Sklavenmädchen nahmen ihre Herrin in die Mitte und wandelten zurück zu der Geheimtür des Palastes. Sie traten ein, schlossen die geheime Tür hinter sich und gingen ihrer Wege. ⊷ *Der Überlieferer erzählt:* Alles das spielte sich unter König Schahsamans Augen ab. ⊷ *Der Autor der Geschichte spricht:* Als Schahsaman sah, was die Frau seines Bruders, des älteren Königs, da trieb – er hatte ja beobachtet, was sie taten, und hatte sich dieses ungeheuerliche Laster und das sündhafte Treiben im Palast seines Bruders eingehend angesehen: Zehn schwarze Sklaven in Mädchenkleidern schliefen vor seinem Palast mit seinen eigenen Mätressen und Konkubinen, und auch seines Bruders Frau mit dem Sklaven Masud hatte er nicht aus den Augen gelassen –, da wich all sein Kummer und seine ganze Schwermut von ihm. «So also steht es um uns», dachte er bei sich. «Mein Bruder ist König über die ganze Welt, die gesamte Erde in ihrer Länge und Breite steht unter seiner Gewalt, und da stößt ihm so etwas zu! Unter seiner Herrschaft! Mit seiner Frau und seinen Konkubinen! In seinem eigenen Haus spielt sich eine solche Katastrophe ab! Ist dieses Grauen nicht noch viel schlimmer als das meine? Ich glaubte, ich allein und kein anderer wäre vom Unglück verfolgt, aber jetzt erkenne ich, dass alle Menschen Opfer dieses Unglücks sind! Bei Gott, mein Unglück ist leichter zu ertragen als das Unglück meines Bruders!» Und er wunderte sich und verfluchte die Zeit, die niemanden mit ihren lasterhaften Prüfungen verschonte. Seinen eigenen Kummer vergaß er, und über sein Unglück tröstete er sich schnell hinweg. ଔ Dann wurde das Nachtmahl aufgetischt. Er aß, heißhungrig und mit gutem Appetit, und als man ihm den Wein kredenzte, trank er ihn gierig aus. Alles, was sein Gemüt zuvor beschwert hatte, klärte und entfernte sich, er aß und trank wieder, genoss sein Leben und lauschte mit Entzücken schöner Musik. «Jetzt bin ich nicht mehr der Einzige, der von diesem Unglück betroffen ist», dachte er bei sich, «da geht es mir gut.» ଔ Die folgenden zehn Tage verbrachte er mit Essen und Trinken. Dann kam sein Bruder, König Schahriyar, von der Jagd zurück. Schahsaman begrüßte ihn freudig, erhob sich zu seinen Ehren und lachte ihm strahlend ins Gesicht. Sein Bruder, König Schahriyar, beteuerte, wie sehr er ihn vermisst habe. «Bei Gott, mein Bruder», sagte er, «weil du nicht dabei warst, habe ich nur widerwillig diese Reise unternommen. Ich hätte mir so sehr gewünscht, du wärst dabei gewesen!» ଔ *Es wird berichtet:* Sein Bruder dankte ihm und leistete ihm bis zum Abend Gesellschaft. Das Essen wurde aufgetragen, und die beiden aßen und tranken. Auch Schahsaman aß und trank mit großem Appetit. ଔ *Der Autor der*

Geschichte spricht: Von nun an aß und trank Schahsaman. Sein Kummer und seine Sorgen waren verflogen, sein Gesicht rötete sich, sein Lebensmut erwachte aufs Neue, das Blut strömte in seinen Adern, seine gesunde Farbe kehrte zurück, er nahm an Gewicht zu, kurz, er war wieder ganz der Alte, ja sogar mehr als das. ❧ König Schahriyar bemerkte wohl, wie es um seinen Bruder stand. Er beobachtete seine Genesung und machte sich in seinem Herzen darüber Gedanken. Als er eines Tages mit ihm allein war, sprach er zu ihm: «Mein lieber Bruder Schahsaman, ich möchte, dass du mir einen Wunsch erfüllst, den ich in meinem Inneren hege, und damit eine Last von meinem Herzen nimmst. Ich will dich etwas fragen, und du sollst mir darauf eine ehrliche Antwort geben.» – «Und was wäre das, mein Bruder?», fragte jener zurück. «Ich habe dich gesehen bei deiner Ankunft und zu Beginn deines Aufenthalts bei mir», sagte er, «damals bist du von Tag zu Tag vor meinen Augen schmaler geworden, bis sich dein Gesicht völlig verändert hatte, deine Hautfarbe nicht mehr zu erkennen und dein Lebensmut geschwunden war. Dein Zustand hat sich nicht gebessert, und ich habe vermutet, du wärest krank vor Heimweh nach deinem Königreich und deiner Familie. Deshalb habe ich mich zurückgehalten und dich nicht danach gefragt und habe meinen Kummer, der immer größer wurde, je mehr ich dich abmagern und krank werden sah, die ganze Zeit über vor dir verborgen. Dann bin ich auf die Jagd gezogen, und als ich zurückkam, stellte ich fest, dass du inzwischen völlig gesund geworden warst und deine alte Farbe wiedergewonnen hattest. Ich bitte dich, erkläre mir das! Warum bist du zu Anfang bei mir krank geworden, und was ist der Grund für deine plötzliche Genesung? Erzähle es mir, und verheimliche mir nichts!» ⚘ *Es wird berichtet:* Als Schahsaman König Schahriyars Rede gehört hatte, senkte er den Kopf und blickte zu Boden. «Verehrter König», sagte er dann, «den Grund, warum ich wieder gesund geworden bin, kann ich dir nicht verraten. Bitte verschone mich mit dem Gedanken daran!» Der Sultan war über die Worte seines Bruders höchst erstaunt. In seinem Herzen begannen Feuer aufzuflackern. «Doch, du musst es mir sagen!», verlangte er. «Aber erzähle mir erst einmal den ersten Grund.» ⚘ *Der Autor der Geschichte spricht:* Da berichtete ihm Schahsaman, was ihm am Vorabend seiner Abreise von seiner Frau zugefügt worden war, vom Anfang bis zum Ende. «Als ich dann bei dir wohnte, o König der Zeit», schloss er seinen Bericht, «musste ich ständig an das schreckliche Unglück denken, das ich erlebt hatte, und immer wenn ich daran dachte, überfielen mich Kummer, Schwermut und Sorgen. Darum wurde ich krank, das ist der Grund.» Nach diesen Worten verstummte er und schwieg. ⚘ Der König schüttelte den Kopf, als er diesen Bericht hörte. Er war maßlos erstaunt über die Arglist der Frauen und sprach ein Stoßgebet, dass Gott ihn vor ihrer Bosheit beschützen möge. Dann wandte er sich wieder seinem Bruder zu: «Bei Gott, mein lieber Bruder, du hast sie glücklich umgebracht, deine Frau und diesen Kerl dazu, und jetzt verstehe ich auch, warum dich Kummer und Sorgen befallen haben und du krank geworden bist. Dafür bist du entschuldigt. Ich glaube nicht, dass jemals ein anderer als du etwas so Schreckliches erleben musste. Wäre mir das zugestoßen, bei Gott, ich hätte nicht weniger als hundert oder tausend Frauen umgebracht, und das hätte mir noch nicht genügt! Ich wäre ganz bestimmt verrückt und geisteskrank geworden. Gott sei Dank, dass du deinen Kummer und deine Trauer vergessen konntest. Und jetzt erzähle mir, was es ist, das dich deinen Kummer vergessen ließ und dir deine Gesundheit zurückgebracht hat!» – «Ich bitte dich, o König, verschone mich damit!», sagte sein Bruder. «Es muss aber sein!», erwiderte er. «Ich befürchte», gab jener zu bedenken, «dass dich dadurch noch größerer Kummer und noch schwerere Sorgen befallen werden als die meinen!» – «Aber warum denn das, mein Bruder?», fragte der König und setzte noch einmal hinzu: «Ich bestehe darauf, die Geschichte zu hören!» ∾ *Der Autor der Geschichte spricht:* Da berichtete er ihm, was er vom Fenster des Palastes aus gesehen hatte, und schilderte ihm die schrecklichen Ereignisse, die sich in seinem Palast abgespielt hatten, vom Anfang bis zum Ende, nämlich: wie zehn schwarze Sklaven, als Sklavinnen verkleidet, sich bei Tag und Nacht mit seinen Konkubinen und seinem Harem der Liebe hingaben. Das alles hier noch einmal zu wiederholen, wäre überflüssig. «Als ich dein Unglück sah», schloss er seinen Bericht, «habe ich meinen eigenen Kummer sofort vergessen und zu mir selbst gesagt: ‹Da ist mein Bruder König über die ganze Welt, und es passiert ihm solch ein Unglück in seinem eigenen Haus!› All die Sorgen, die mich belastet hatten, waren verflogen. Ich habe mich erholt und konnte wieder essen und trinken. Das ist der Grund dafür, dass ich vergnügt bin und meine gesunde Farbe wiederhabe.» ∾ *Der Autor der Geschichte spricht:* Als König Schahriyar die Worte seines Bruders hörte, geriet er in heftige Wut. Fast hätte er Blut geschwitzt. «Bruder», sagte er, «ich kann das, was du sagst, nicht glauben, bevor ich es nicht mit eigenen Augen gesehen habe.» Und sein Zorn wuchs immer mehr. ൠ «Wenn du dir dein Unglück mit deinen eigenen Augen ansehen willst, um mir Glauben zu schenken», sagte Schahsaman zu ihm, «dann rüste dich noch einmal zu einem Jagdausflug. Ich werde mit dir und deinen Truppen aufbrechen. Sobald wir außerhalb der Stadt sind, lassen wir unsere Zelte, das Lager und die Truppen allein und schleichen uns heimlich – nur du und ich – wieder in die Stadt. Du kommst mit mir in meinen Palast, und am nächsten Morgen wirst du es mit eigenen Augen sehen!» ൠ *Der Autor der Geschichte spricht:* Da erkannte der König, dass sein Bruder, der andere König, die Wahrheit gesprochen hatte. Er ließ die Truppen sich zum Aufbruch rüsten und verbrachte diese Nacht bei seinem Bruder. Als Gott den nächsten Morgen grauen ließ, bestiegen die beiden ihre Pferde, auch die Soldaten saßen auf, und alle zogen zur Stadt hinaus. Die Diener waren schon vorausgeeilt und hatten draußen vor der Stadt die Wohnzelte und das Empfangszelt aufgeschlagen. In diesem Lager ließen sich der Sultan und die Truppen nieder. ൠ Sobald die Nacht hereinbrach, ließ der König seinen obersten Kämmerer zu sich kommen, befahl ihm, sich auf seinen Platz zu setzen und für die Dauer von drei Tagen keinem aus der Truppe den Zutritt zur Stadt zu erlauben. Die Soldaten stellte er unter seinen Oberbefehl. Nun verkleideten er und sein Bruder sich, betraten unter dem Schutz der Nacht die Stadt, begaben sich zu dem Palast, in dem Schahsaman wohnte, und legten sich dort schlafen. Früh am nächsten Morgen setzten sie sich ans Fenster des Palastes und schauten hinaus in den Garten. Sie saßen und unterhielten sich miteinander, bis das Morgenlicht heraufzog, der Tag hell wurde und die Sonne aufgegangen war. ෴ Als sie hinüberblickten zur Geheimtür des Palastes, hatte sich diese gerade geöffnet. Heraus kam König Schahriyars Gemahlin zwischen zwanzig Sklavenmädchen, und alle schritten, wie sie es gewohnt waren, unter den Bäumen hindurch bis unter den Palast, in dem die beiden sich befanden. Sie legten ihre Frauenkleider ab und – siehe da! Es waren zehn schwarze Sklaven, die machten sich über die zehn Mädchen her und trieben ihr schmutziges Spiel mit ihnen. Was aber tat die Herrin? «Masud!», rief sie, und noch einmal: «Masud!», und plötzlich sprang vom Wipfel eines Baums ein schwarzer Sklave, landete auf dem Boden, war mit einem Satz bei ihr und fragte: «Was hast du, Mädel? Ich bin es, Saadaddin Masud!» Die Herrin lachte laut und ließ sich auf den Rücken fallen, der Sklave bestieg sie und tat seine Arbeit. Genauso trieben es die anderen Sklaven. Am Ende standen die Sklaven auf, wuschen sich, zogen die Kleider, die sie getragen hatten, wieder an, mischten sich unter die Mädchen, und dann begaben sich alle wieder zurück in den Palast und verriegelten die Tür. Masud sprang von der Gartenmauer auf die Straße und ging seiner Wege. ෴ *Der Autor der Geschichte spricht:* Als Sultan Schahriyar gesehen hatte, was seine Frau und seine Sklavinnen da trieben, geriet er außer sich. «Vor dieser bösen Welt ist niemand sicher!», empörte er sich. «Und so etwas spielt sich in meinem Palast und unter meiner Herrschaft ab! Wehe über die Welt und das Schicksal! Das ist wirklich eine gewaltige Katastrophe!» Dann wandte er sich an seinen Bruder. «Willst du mir folgen in dem, was ich vorhabe?», fragte er ihn. «Ja», erwiderte der. «Dann steh auf», sagte er, «wir sagen unserer Königsherrschaft Ade und ziehen aufs Geratewohl in die Welt hinaus. Finden wir jemanden, dessen Unglück noch gewaltiger als unseres ist, so kehren wir zurück. Wenn nicht, streifen wir durch die Länder und werden kein Verlangen mehr nach Königsherrschaft haben.» – «Was für eine gute Idee!», lobte Schahsaman. «Ich stimme dir voll und ganz zu.»

Der betrogene Ifrit

Der Überlieferer erzählt: Daraufhin verließen die beiden den Palast durch eine Geheimtür, zogen auf einem anderen Weg hinaus und machten sich auf die Reise. Bis zum Einbruch der Nacht wanderten die beiden Brüder, dann legten sie sich bekümmert schlafen. Früh am nächsten Morgen zogen sie weiter. Wieder wanderten sie den ganzen Tag lang. Endlich gelangten sie auf eine mit Pflanzen und Bäumen reich bewachsene Wiese am Ufer des salzigen Meeres. Dort setzten sie sich, um über das Unglück zu sprechen, welches über sie hereingebrochen war. ❧ So redeten sie gerade miteinander, als plötzlich aus der Mitte des Meeres ein Schrei und grässliches Gebrüll aufstieg. Die beiden zitterten vor Angst und glaubten, der Himmel sei auf die Erde gestürzt. Das Wasser des Meeres aber teilte sich, und eine schwarze Säule erhob sich aus ihm und wuchs immer höher und höher, bis sie die Wolken des Himmels berührte. Schahriyar und Schahsaman sprangen vor Angst auf die Füße, rannten davon, kletterten auf einen hohen Baum, versteckten sich darin und hielten sich in seinem Blätterwerk verborgen. ❧ Nun schauten sie wieder zu der schwarzen Säule hinüber und – o Schreck! Sie watete durch das Wasser und bewegte sich quer über das Meer auf sie zu! Als die Säule das Ufer erreicht und die Wiese erklommen hatte, schauten sie wieder hin. Da war aus der Säule ein schwarzer Ifrit geworden, der trug auf seinem Kopf eine große Truhe aus Glas mit vier stählernen Schlössern daran. ∞ Der Ifrit stieg aus dem Wasser, ging über die Wiese und ließ sich nirgendwo anders nieder als gerade unter dem Baum, auf dem die beiden Könige saßen. Nachdem er sich niedergelassen hatte, stellte er die Glastruhe vor sich auf die Erde, zog vier Schlüssel hervor und öffnete die Schlösser der Truhe. Heraus holte er eine wunderschön gebaute junge Frau, ein Mädchen von vollkommener Gestalt mit einem lieblichen Lächeln und einem Gesicht, so schön wie der Vollmond. Die hob er aus der Truhe, setzte sie unter den Baum, blickte sie an und sagte zu ihr: «Du Herrin aller Edelfrauen, du meine Beute, die ich in ihrer Hochzeitsnacht geraubt habe, ich möchte ein wenig schlafen.» Dann legte der Ifrit seinen Kopf in den Schoß des Mädchens, streckte die Beine aus, bis sie ins Wasser reichten, und schlief schnarchend und schnaufend ein. ∞ Das Mädchen aber hob den Kopf zu dem Baum und sah sich um. Da fiel ihr Blick zufällig auf König Schahriyar und König Schahsaman. Sogleich fasste sie den Kopf des Ifrit und legte ihn auf die Erde. Dann erhob sie sich, stellte sich unten an den Baum und machte den beiden Männern Zeichen: «Kommt herunter zu mir, aber vorsichtig!» ∞ Als die beiden erkannten, dass sie von ihr bemerkt worden waren, bekamen sie es mit der Angst zu tun. Sie flehten sie an und baten sie inständig, beim Herrn des Himmels, dass sie nicht hinuntersteigen müssten. Aber sie sagte: «Doch, ihr müsst zu mir herunterkommen!» Die beiden bedeuteten ihr durch Zeichen: «Dieser, der da schläft, ist doch ein Menschenfeind! Bei Gott, lass uns in Frieden!» – «Ihr müsst unbedingt herunterkommen», verlangte sie. «Wenn ihr nicht zu mir heruntersteigt, wecke ich den Ifrit und lasse ihn euch töten!» Erneut winkte sie ihnen herunterzukommen und ließ nicht von ihnen ab. ❧ Schließlich stiegen sie ganz vorsichtig vom Baum herab, bis sie vor ihr standen. Da legte sie sich auf den Rücken, öffnete ihre Schenkel und sagte: «Vereinigt euch mit mir, und befriedigt meine Lust, sonst wecke ich den Ifrit, damit er euch tötet!» – «Um Gottes willen, Herrin, nur das nicht!», erwiderten die beiden. «Wir sind doch jetzt völlig verängstigt und verschreckt vor diesem Ifrit, bitte erlass uns diese Sache!» Aber das Mädchen sagte wiederum: «Kein Weg führt daran vorbei!», bedrängte sie und sprach den folgenden Schwur: «Bei Gott, der den Himmel aufgespannt hat! Tut ihr es nicht, dann wecke ich meinen Gatten, den Ifrit, und befehle ihm, euch beide zu töten und hier im Meer zu versenken!» Weil sie nun so hartnäckig darauf bestand, konnten sie nicht länger Widerstand leisten und beschliefen sie, erst der Ältere, danach der Jüngere. ❧ Als sie fertig waren und wieder aufstanden, sagte sie zu ihnen: «Gebt mir eure Ringe!», zog zwischen ihren Kleidern ein Säckchen hervor, öffnete es und schüttete den Inhalt aus. Achtundneunzig Ringe fielen da heraus in verschiedenen Farben und Formen. «Wisst ihr, was das für Ringe sind?», fragte sie. «Nein», war die Antwort. Sie sagte: «Alle Besitzer dieser Ringe haben mit mir geschlafen, und von jedem, der mir zu Willen war, habe ich mir einen Ring genommen. Jetzt habt auch ihr beiden mit mir geschlafen, also gebt mir eure Ringe, damit ich sie zu den anderen Ringen tun kann und das Hundert voll wird. Nun haben mich einhundert Männer geliebt, und das diesem gehörnten, dreckigen Ifrit zum Trotz, der mich in dieser Truhe eingesperrt und mit vier Schlössern eingeschlossen hat. In der Tiefe dieses wogenden, tosenden Meeres, wo die Wellen aufeinanderschlagen, hält er mich gefangen und eingeschlossen, weil ich eine tugendhafte Jungfrau bleiben soll. Aber er wusste nicht, dass es das Schicksal anders wollte und nichts das Schicksal aufhalten kann. Wenn eine Frau etwas will, kann sich ihr niemand verweigern!» ☙ Als die beiden Könige Schahriyar und Schahsaman die Rede des Mädchens hörten, wunderten sie sich sehr. «O Gott, o Gott!», riefen sie und neigten sich vor Entzücken. «Es gibt keine Kraft und keine Stärke außer bei Gott, dem Allmächtigen! Wahrhaftig, der Koran hat recht: ‹Die Tücke von euch Weibern ist ungeheuerlich!›» Damit zog jeder von ihnen seinen Ring ab und übergab ihn ihr. Sie nahm beide Ringe und tat dann alle Ringe wieder in das Säckchen. Dann wandte sie sich ab, setzte sich wieder neben den Ifrit, nahm dessen Kopf auf ihren Schoß, genau wie zuvor, und machte ihnen Zeichen: «Verschwindet und geht eurer Wege, sonst wecke ich ihn auf!» ☙ *Der Autor der Geschichte spricht:* Da zogen sie sich eilends zurück und machten sich wieder auf den Weg.

«Schahsaman, mein Bruder», wandte sich Schahriyar an seinen Bruder, «jetzt sieh dir dieses Unglück an! Es ist, weiß Gott, schlimmer als das unsrige! Er ist ein Dschinni und hat ein Mädchen von ihrer Hochzeitsnacht weg entführt, in seine gläserne Truhe gesperrt, mit vier Schlössern gesichert und in den Fluten dieses Meeres versenkt. Er meinte wohl, so könne er sie vor dem Schicksal und der Vorsehung abschirmen. Aber hast du nicht gesehen? Mit achtundneunzig Männern hat sie schon geschlafen, und wir beide, ich und du, haben das Hundert vollgemacht. So komm, mein Bruder, lass uns zurückkehren in unsere Königreiche und unsere Städte. Hinfort wollen wir niemals wieder eine Frau heiraten. Ich aber werde dir zeigen, was ich zu tun vorhabe!» ❧ *Der Autor der Geschichte spricht:* Sie machten auf den Fersen kehrt und gingen auf demselben Weg zurück, den sie gekommen waren. Bis tief in die Nacht hinein waren sie unterwegs, erreichten beim Morgengrauen des dritten Tages ihr Lager, schlüpften in ihre Zelte und nahmen wieder ihren königlichen Thron ein. Die Kämmerer, Höflinge, Emire und Wesire traten vor König Schahriyar, und der erließ Gebote und Verbote und teilte großzügig Ehrenkleider und Geschenke aus. Dann befahl er, in die Stadt zurückzukehren. Er begab sich in seinen Palast und befahl seinem Großwesir – dem Vater der beiden schon erwähnten Mädchen Dinarasad und Schahrasad: «Nimm meine Frau, diese hier, und töte sie!» Mit diesen Worten ging er selbst zu ihr hinein, legte ihr Fesseln an, übergab sie dem Wesir, und dieser führte sie hinaus und richtete sie hin. Dann zog König Schahriyar sein Schwert aus der Scheide, stürmte in seinen Palast und seine Gemächer, tötete alle seine Sklavinnen und Dienerinnen und nahm andere an ihrer Stelle. Und nun tat er vor sich selbst ein Gelöbnis: Er werde in Zukunft nur noch für eine einzige Nacht heiraten und seine Ehefrau am nächsten Morgen töten, um vor ihrer Bosheit und Arglist in Sicherheit zu sein, denn «auf der ganzen Welt», so stellte er fest, «gibt es keine einzige anständige Frau!». ❧ Danach rüstete er seinen Bruder Schahsaman für die Reise aus und schickte ihn, beladen mit Geschenken, Kostbarkeiten, Geld und vielem anderem, in sein Land zurück. Dieser nahm Abschied von ihm und machte sich auf den Weg in sein Land. ⚘ *Der Autor der Geschichte spricht:* Schahriyar nahm Platz auf seinem Thron und befahl seinem Wesir – dem Vater der beiden Mädchen –, er solle ihn mit einer der Töchter der Emire verheiraten. Jener ging hin, erbat sich eine von den Töchtern der Emire als Braut für ihn, und König Schahriyar vollzog mit ihr die Ehe und tat, wozu er Lust verspürte, bis er fertig war. Sobald der nächste Morgen graute, befahl er seinem Wesir, die Frau zu töten. In der folgenden Nacht nahm er ein anderes Mädchen, die Tochter eines seiner Offiziere, vereinigte sich mit ihr und gab am Morgen darauf seinem Wesir den Befehl, sie hinzurichten. Der wagte nicht, ihm zu widersprechen, und richtete sie hin. Dann nahm er, in der dritten Nacht, die Tochter eines Kaufmanns in der Stadt, schlief mit ihr bis zum Morgen, befahl dem Wesir, sie zu töten, und der tat's. ⚘ *Der Erzähler spricht:* Von nun an nahm sich Schahriyar Nacht für Nacht ein neues Mädchen, eine von den Kaufmannstöchtern oder den Mädchen aus dem einfachen Volk, verbrachte mit ihnen die Nacht und ließ sie früh am nächsten Morgen töten. Das ging so lange, bis es kaum noch Mädchen gab, die Mütter alle miteinander weinten, Frauen, Väter und Mütter in Aufruhr gerieten, den König laut verfluchten und Übelstes auf ihn herabwünschten, sich vor dem Schöpfer des Himmels über ihn beklagten und Hilferufe schickten zu Dem, der jede Stimme hört und keine Bitte abweist. ⚘ *Der Überlieferer erzählt:* Nun hatte der Wesir, der stets die Mädchen töten musste, selbst zwei Töchter: eine ältere mit Namen Schahrasad; die jüngere hieß Dinarasad.

Schahrasad, die Ältere der beiden, hatte viele Bücher, Werke der Literatur und Weisheitsschriften gelesen, auch Werke der Medizin studiert. Sie wusste Gedichte auswendig herzusagen und las mit Vorliebe Überlieferungen zur Geschichte vergangener Zeiten. Alle berühmten Zitate waren ihr bekannt, dazu die Sprüche weiser Richter und Könige, kurzum: Sie war klug, verständig, weise und gebildet, hatte gelesen und studiert. ❧ *Der Autor der Geschichte spricht:* «Lieber Vater», sprach diese eines Tages, «ich habe einen geheimen Plan, in den ich dich einweihen möchte.» – «Und was wäre das?», erkundigte sich ihr Vater. «Ich möchte», sagte sie, «dass du mich mit dem König Schahriyar verheiratest. Entweder gelingt es mir, alle Welt vor ihm zu retten, oder ich sterbe und gehe zugrunde, dann ergeht es mir nicht anders als all denen, die schon gestorben und zugrunde gegangen sind.» ❧ Als der Wesir hörte, was seine Tochter da sagte, wurde er wütend. «Du dumme Gans!», schimpfte er. «Weißt du denn nicht, dass König Schahriyar geschworen hat, mit keinem Mädchen mehr als eine Nacht zu verbringen und es am nächsten Morgen umzubringen? Wenn ich dich zu ihm führe, wird er eine Nacht lang mit dir schlafen, und am Morgen danach wird er mir befehlen, dich zu töten! So muss ich dich am nächsten Morgen mit meiner eigenen Hand töten, da ich ihm nicht zuwiderhandeln kann.» – «Doch, du musst mich zu ihm führen, Vater, es führt kein Weg daran vorbei!», bekräftigte sie und fügte hinzu: «Dann soll er mich eben töten!» – «Was ist in dich gefahren, dass du dich so in Lebensgefahr begeben willst?», wollte er wissen. «Lieber Vater», fing sie erneut an, «du musst mich unbedingt zu ihm führen, das ist mein letztes Wort, und ihm folgt eine entschlossene

Tat!» ✑ Ihr Vater, der Wesir, geriet in Zorn. «Mein Töchterchen», sagte er, «kennst du denn nicht das Sprichwort: ‹Wer die rechte Tat nicht kennt, schnurstracks in sein Verderben rennt› und: ‹Wer die Folgen nicht bedenkt, der kriegt vom Schicksal nichts geschenkt›? Auch wird in dem geläufigen Sprichwort gesagt: ‹Ich saß ruhig immerzu, doch meine Neugier ließ mir keine Ruh.›» Ich fürchte, dir wird es genauso ergehen, wie es dem Esel und dem Stier mit dem Bauern ergangen ist.» – «Was haben denn der Esel und der Stier mit dem Bauern erlebt?», wollte sie wissen. Und er erzählte:

Der Esel, der Stier, der Kaufmann und seine Frau

Du musst wissen, dass es einmal einen reichen Kaufmann gab, der viel Geld besaß, zahlreiche Arbeiter bei sich beschäftigte, Vieh und Kamele im Stall hatte und mit seiner Frau eine große Schar Kinder in die Welt gesetzt hatte. Er lebte auf dem flachen Land und betrieb Ackerbau. Der Kaufmann verstand die Sprache der Tiere: die der Haustiere ebenso wie die der wilden Tiere. Dies war ein Geheimnis, das ihn, wenn er es preisgäbe, sein Leben kosten würde. Sämtliche Tiersprachen beherrschte er, erzählte aber keinem Menschen davon, weil er fürchtete, sonst sterben zu müssen. ✑ Bei ihm im Haus lebten ein Stier und ein Esel, die nahe beieinander an ihre Futterkrippen angebunden waren. Eines Tages saß der Kaufmann neben seiner Frau, und vor ihm spielten seine Kinder. Wie er so zu dem Stier und dem Esel hinüberblickte, hörte er den Stier zum Esel sagen: «He, Abu l-Yaksan, du hast es gut! Du darfst dich ausruhen, wirst noch dazu gepflegt, bei dir wird ausgemistet und frisches

Stroh gestreut. Immer bedient dich jemand! Gesiebtes Getreide und frisches, kühles Wasser stellen sie dir hin. Mich dagegen jagen sie um Mitternacht schon auf den Acker, schnallen mir etwas auf den Nacken, das sie ‹Joch› nennen, und den Pflug dahinter, und dann arbeite ich den ganzen lieben langen Tag hindurch und pflüge den Boden. Mir wird mehr zugemutet, als ich ertragen kann, dazu muss ich noch Schläge einstecken vom Bauern und seiner Peitsche. Meine Seiten sind schon wundgescheuert, mein Nacken schält sich, und doch lassen sie mich von einer Nacht bis zur nächsten arbeiten! Nachts bringen sie mich in den Kuhstall, werfen mir Bohnen vor, die noch mit Erde beschmutzt sind, und kleingehackte Spreu. Die ganze Nacht muss ich in Mist und Jauche stehen, während du, hübsch ausgemistet und frisch eingestreut, gestriegelt, gefüttert, sauber und mit gutem Heu versorgt, ausgeruht dastehst. Nur selten kommt es vor, dass unser Herr, der Kaufmann, eine Erledigung zu machen hat, weshalb er sich auf dich setzen muss, und dann auch gleich wieder zurückkehrt. Mit anderen Worten: Du bist ausgeruht, und ich bin müde; du darfst schlafen, ich muss die ganze Nacht arbeiten!» ◌ Nachdem der Stier geendet hatte, drehte sich der Esel zu ihm um. «He, Baghnus», antwortete er, «wer dich einen dummen Ochsen genannt hat, der hat nicht unrecht! Denn du, du Vater aller dummen Kühe, hast weder List noch Hintersinn, noch irgendeinen bösen Gedanken in dir. Offen zeigst du, wie ehrlich du es meinst, strengst dich aufrichtig an und bringst dich fast selbst um, nur um einem anderen das Leben möglichst angenehm zu machen. Hast du denn nicht gehört, dass das Sprichwort sagt: ‹Wem es an Erfolgen mangelt, sich hastig

durch sein Leben hangelt›? Du rennst mit dem ersten Ge-
betsruf hinaus aufs Feld, quälst dich, pflügst und steckst
dazu noch Schläge ein, und wenn der Bauer dich an der Futterkrippe festbinden will, stampfst du noch, stößt mit deinen
Hörnern um dich, schlägst mit dem Huf aus und erhebst ein
unglaubliches Gebrüll, bis sie dir die Bohnen hinwerfen, die
du dann gierig frisst. Du musst es anders machen! Wenn sie
dir das Futter bringen, dann friss nichts davon, sondern
schnuppere nur daran, und rühre es nicht an. Begnüge dich
mit dem gehäckselten Heu und Stroh. Wenn du das tust,
wirst du eher Erfolg haben, und es wird dir mehr nützen. Du
wirst sehen, welche Ruhe du dann genießen wirst!» ෬ *Es
wird berichtet:* Als der Stier die Rede des Esels gehört hatte,
erkannte er, dass der Esel ihm einen guten Rat gegeben hatte.
Er dankte ihm in seiner Sprache, wünschte ihm Segen und
dass Gott es ihm mit Gutem vergelten möge. «Mögest du vor
allem Bösen bewahrt bleiben, Abu l-Yaksan», wünschte er
ihm, froh darüber, dass ihm der Esel so aufrichtig geraten
hatte. ෬ Das alles, meine Tochter, spielte sich unter den
Augen und Ohren des Kaufmanns ab, und dieser verstand
alles, was der Esel und der Stier geredet hatten. ෬ Als am
nächsten Tag der Bauer zum Haus des Kaufmanns kam, den
Stier herausholte, vor den Pflug spannte und antrieb, da
arbeitete und pflügte der Stier nicht wie sonst. Der Bauer
schlug ihn, doch der Stier verstellte sich mit Hinterlist –
denn er hatte sich die Ratschläge des Esels zu Herzen genommen – und ließ sich zu Boden fallen. Der Bauer prügelte
auf ihn ein. Der Stier rappelte sich auf, um gleich wieder zu-
sammenzubrechen, und fuhr auf diese Weise fort, bis die
Nacht gekommen war und der Bauer ihn zurück ins Haus

führte. Er band ihn an der Futterkrippe fest, und der Stier verzichtete aufs Brüllen, schlug auch nicht mit den Hufen aus, weder nach vorne noch nach hinten, und hielt sich von der Krippe fern. ❧ Der Bauer wunderte sich darüber. Was war nur mit dem Tier los? Er brachte ihm Bohnen und anderes Futter, aber der Stier schnupperte nur daran, zögerte und legte sich weit weg vom Futter schlafen. Grummelnd und brummelnd schlief er in der Streu und im Stroh bis zum Morgen. Dann kam der Bauer wieder und fand die Futterkrippe randvoll mit Bohnen und gehäckseltem Stroh. Kein bisschen fehlte, nichts hatte sich verändert. Den Stier sah er daliegen, er hatte den Bauch aufgebläht, hielt die Luft an und streckte alle Beine von sich. ❧ Der Bauer wurde betrübt. Mitleid ergriff ihn. «Bei Gott, er war schon gestern geschwächt. Er konnte einfach nicht mehr», sprach er zu sich selbst. Dann ging er zu dem Kaufmann. «Mein Gebieter», meldete er, «der Stier hat heute Nacht sein Futter nicht gefressen. Überhaupt nichts hat er angerührt!» ❧ Der Kaufmann, der ja schon wusste, was geschehen war, entgegnete dem Bauern: «Geh zu dem Esel, dem hinterlistigen Schlaukopf, spanne ihn vor den Pflug, und lass ihn tüchtig arbeiten. Er soll den Stier würdig vertreten!» Der Bauer ging hin, holte den Esel heraus, spannte ihn vor den Pflug und trieb ihn aufs Feld, wo er ihn schlug und drangsalierte, bis er pflügte wie der Stier. Er prügelte so lange auf ihn ein, bis seine Rippen wundgescheuert waren und sein Hals sich schälte. Erst als die Nacht kam, führte er ihn zurück nach Hause. Der Esel konnte kaum noch seinen Vorderhuf oder Hinterhuf heben. Seine Ohren hingen schlaff herab. ❧ Wie aber war es dem Stier ergangen? Der hatte den Tag über schlafend dagelegen und sich ausgeruht. Er hatte sein Futter gefressen und das Wasser gesoffen, danach wieder geruht und sich erholt. Dem Esel hatte er den ganzen Tag lang Gottes Segen gewünscht und seinen guten Rat, den er ihm gegeben hatte, gelobt. ❧ Als der Esel an diesem Abend zu ihm hereinschlich, sprang der Stier hoch und stellte sich aufrecht vor ihm hin. «Einen wunderschönen guten Abend wünsche ich dir, lieber Abu l-Yaksan!», begrüßte er ihn erfreut. «Bei Gott, du hast mir einen so großen Dienst erwiesen, dass ich es gar nicht beschreiben kann. Mögest du immer von gutem Erfolg gesegnet sein und allezeit so freundlich bleiben. Gott soll es dir mit Gutem vergelten, Abu l-Yaksan!» Der Esel aber gab ihm keine Antwort, weil er so wütend auf ihn war. «Das alles habe ich mir durch meinen dummen Plan selbst eingebrockt!», murrte er für sich. «Mir geht es, wie das Sprichwort sagt: ‹Ich saß ruhig immerzu, doch meine Neugier ließ mir keine Ruh.› Nun muss ich ihn irgendwie überlisten, damit er sich wieder so verhält wie zuvor. Sonst überlebe ich das nicht!» Und er wankte zu seiner Futterkrippe und streckte sich aus, während der Stier ihm schnaubend Segen wünschte.

«Genauso wirst du, meine Tochter, an deinem eigenen Plan zugrunde gehen. Darum setze dich hin, sei still, und stürze dich nicht selbst ins Verderben. Diesen guten Rat gebe ich dir, weil ich dich herzlich liebe!» ❧ «Mein lieber Vater», entgegnete Schahrasad, «es führt kein Weg daran vorbei, dass ich zu diesem Sultan gehe und du mich ihm als Geschenk anbietest.» – «Tu's nicht!», warnte sie der Vater. «Doch, ich muss es unbedingt tun!», bekräftigte sie. Da sagte er: «Wenn du dich jetzt nicht beruhigst, dann mache ich mit dir dasselbe, was der Kaufmann, dem das Ackerland gehörte, mit seiner Frau gemacht hat!» – «Und was hat er mit seiner Frau gemacht, mein lieber Vater?», fragte sie.

Du musst wissen – erzählte er weiter –, dass, nachdem der Esel mit dem Stier all das erlebt hatte, der Kaufmann und seine Frau beim Mondenschein hinausgingen zum Stall. Da hörte er den Esel zum Stier in seiner Eselssprache sagen: «Und was wirst du morgen tun, du Vater aller Ochsen? Höre auf mich! Wenn dir der Bauer das Futter bringt, was tust du dann?» – «Ich werde nichts anderes tun als das, was du mir geraten hast!», erwiderte der Stier. «Davon weiche ich nicht ab. Wenn er mir das Futter bringt, verstelle ich mich, tue, als ob ich krank wäre, lege mich hin und blähe meinen Bauch auf.» ❦ Der Esel schüttelte den Kopf. «Nein, das darfst du nicht tun!», sagte er. «Weißt du, was ich unseren Herrn, den Kaufmann, habe sagen hören?» – «Was denn?», wollte er wissen. «Er hat gesagt», fuhr der Esel fort, ««Wenn der Stier sein Futter nicht frisst und nicht aufstehen will, dann rufe den Metzger, der soll ihn schlachten, sein Fleisch an die Armen verteilen und aus seiner Haut einen Lederteppich machen.› Jetzt habe ich Angst um dich, und meine Religion gebietet mir, dir einen guten Rat zu geben. Also: Wenn dein Futter kommt, friss alles auf und sei wieder munter und gesund, sonst schlachten sie dich und ziehen dir die Haut ab!» ❦ Der Stier ließ einen lauten Furz fahren und stieß ein Klagegebrüll aus. Da richtete sich der Kaufmann auf und lachte schallend über das, was er von dem Esel und dem Stier erfahren hatte. «Worüber lachst du denn?», fragte ihn seine Frau. «Machst du dich etwa über mich lustig?» – «Aber nein!», erwiderte er. «Dann sage mir, warum du so gelacht hast!», verlangte sie. «Das kann ich dir nicht sagen», entgegnete er, «weil ich Angst habe, dieses Geheimnis – nämlich, was die Tiere in ihrer Sprache reden – zu offenbaren. Ich kann es nicht», wiederholte er. «Was hindert dich daran, es mir zu sagen?», fragte sie. «Dann müsste ich sterben», erwiderte er. «Du lügst, bei Gott!», entgegnete ihm seine Frau. «Das ist nur eine faule Ausrede! Bei Gott, dem Herrn des Himmels, schwöre ich: Wenn du mir nicht verrätst und erklärst, worüber du gelacht hast, will ich nicht länger mit dir zusammenleben. Ich bestehe darauf, dass du es mir sagst!» Mit diesen Worten trat sie ins Haus, brach in Tränen aus und hörte bis zum Morgen nicht auf zu weinen. «Wehe dir! Sage mir, warum du heulst!», verlangte der Kaufmann. «Bitte Gott um Vergebung, und lass das ewige Fragen! Lass mich in Ruhe damit!» – «O nein, ich muss es wissen!», bekräftigte sie. «Und ich lasse mich nicht davon abbringen!» ଔ Endlich wurde der Kaufmann der Sache überdrüssig. «Muss es denn wirklich unbedingt sein?», fragte er und erklärte ihr nochmals: «Wenn ich dir sage, was ich von dem Esel und dem Stier gehört habe und was mich zum Lachen gebracht hat, muss ich sterben!» – «Ich bestehe aber darauf!», wiederholte sie. «Dann musst du eben sterben.» – «Dann rufe deine Familie zusammen», sagte er, und sie rief ihre beiden Töchter, ihre ganze Familie, ihre Mutter und ihren Vater. Auch einige Nachbarn gesellten sich dazu. ଔ Der Kaufmann ließ sie wissen, dass sein letztes Stündlein geschlagen habe. Da brachen alle miteinander in Tränen aus. Die Großen weinten mit den Kleinen, alle seine Kinder heulten, auch alle Landmänner und Ackerbauern und die gesamte Dienerschaft. So wurde um ihn Totenklage gehalten. Dann ließ er zuverlässige Zeugen bestellen, und als diese eingetroffen waren, setzte er ein Testament auf, in dem er seiner Frau das ihr zustehende Erbteil vermachte und seine Kinder als Erben einsetzte. Er schenkte seinen Sklavinnen die Freiheit und nahm von seiner Familie Abschied. Alle um ihn herum weinten. Selbst die Zeugen brachen in Tränen aus. Seine beiden Schwiegereltern wandten sich eindringlich an seine Frau. «Lass davon ab!», flehten sie sie an. «Wenn dein Mann nicht sicher wüsste, dass er sterben muss, sobald er sein Geheimnis lüftet, würde er sich ganz gewiss nicht so verhalten!» – «Nein», entgegnete sie, «ich verzichte nicht darauf.» Da weinten wieder alle und hielten ihre Totenklage. ୡ Nun, meine Tochter Schahrasad – fuhr der Wesir in seiner Erzählung fort –, hielten sie in ihrem Hause fünfzig Hennen und einen Hahn dazu. Wie nun der Kaufmann so in Gedanken dasaß, traurig darüber, dass er diese Welt, seine Familie und seine Kinder für immer würde verlassen müssen, sogar schon drauf und dran war, sein Geheimnis zu verraten und auszusprechen, da hörte er auf einmal einen Hund, der bei ihm im Hause lebte, in seiner Sprache mit dem Hahn sich unterhalten. Der Hahn aber schlug währenddessen mit den Flügeln, besprang flatternd eine Henne, befriedigte sie, stieg ab und hüpfte auf das nächste Huhn. ୡ Der Kaufmann erfasste genau, was der Hund redete. «Verehrter Hahn», hörte er ihn in seiner Tiersprache sagen, «du hast aber wenig Schamgefühl! Wer dich einmal erzogen hat, der hat vollständig versagt! Schämst du dich nicht, an einem Tag wie heute so etwas zu tun?» – «Was ist denn heute für ein besonderer Tag?», fragte der Hahn. «Weißt du denn nicht», sagte der

Hund zu ihm, «dass heute Totenklage gehalten wird um unseren Herrn und Besitzer? Seine Frau besteht darauf, dass er ihr sein Geheimnis offenlegt, doch er muss sterben, sobald er es verrät. Siehst du? Da sind sie gerade dabei. Gleich wird er ihr die Sprache der Tiere erklären. Wir trauern schon allesamt um ihn. Und du schlägst mit den Flügeln, bespringst die eine und steigst von der anderen ab. Schämst du dich denn überhaupt nicht?» «Du Tölpel, du Narr!», hörte der Kaufmann den Hahn antworten. «Dann ist unser Herr aber sehr dumm, obgleich er immer so klug tut. Er hat nur eine einzige Frau und weiß nicht, wie er mit ihr umgehen soll!» – «Was soll er denn mit ihr tun?», fragte der Hund. «Er soll einen Knüppel aus Eichenholz nehmen», sagte der Hahn, «mit ihr in die Vorratskammer gehen, die Tür verriegeln und sie so lange prügeln, bis er ihr Arme und Beine gebrochen hat und sie laut ausruft: ‹Ich will nicht mehr, dass du es sagst, ich will keine Erklärungen mehr!› Er soll sie schlagen, bis sie fast ihr Leben aushaucht und ihm nie wieder so im Wege stehen kann. Täte er das, hätte er seine Ruhe und könnte weiterleben und auf die Totenklage verzichten. Aber er versteht ja nichts davon!» ❧ Da, meine Tochter Schahrasad, als der Kaufmann hörte, was der Hund und der Hahn miteinander redeten, erhob er sich eiligst, ergriff einen Knüppel aus Eichenholz, schob seine Frau in eine Vorratskammer, ging auch selber mit hinein, verriegelte die Tür und ließ auf ihre Flanken und auf ihre Schultern Schläge niedersausen. Er prügelte sie immer weiter, und sie schrie um Hilfe und rief laut: «Nein, Nein! Ich werde nie mehr etwas von dir wissen wollen! Lass mich los! Lass mich los! Ich frage dich nie wieder irgendetwas!», so lange, bis er endlich müde wurde, die Tür aufschloss und die Frau reumütig herauskam. Da waren alle froh, und die Totenklage verwandelte sich in ein Freudenfest. Er aber hatte gelernt, wie man die richtigen Entschlüsse fasst.

«Willst du nun ebenfalls auf deinem Willen beharren, damit ich mit dir ebenso verfahre, wie es der Kaufmann mit seiner Frau getan hat?» – «Bei Gott», war ihre Antwort, «ich werde nicht davor zurückstehen. Diese Geschichten können mich von meinem Plan nicht abbringen. Wenn du willst, kannst du mir noch viele solcher Geschichten erzählen; es wird doch damit enden, dass ich, wenn du mich dem König Schahriyar nicht zuführst, allein und hinter deinem Rücken zu ihm gehe und ihm erzähle, du hättest mich einem wie ihm vorenthalten wollen und wärest knauserig gewesen gegen ihn mit meinesgleichen.» – «Bestehst du tatsächlich immer noch darauf?», fragte sie der Wesir. «Jawohl», erwiderte sie. ⚭ *Der Autor der Chronik spricht:* Als der Wesir nun nicht mehr weiter wusste und nachdem alle seine Mühen vergeblich gewesen waren, begab er sich zum Sultan Schahriyar, trat zu ihm ein, küsste vor ihm den Erdboden und berichtete ihm von seiner Tochter und dass er sie ihm in dieser Nacht zum Geschenk machen werde. ⚭ Der König war erstaunt. «Hochverehrter Wesir», sagte er, «wie kann es sein, dass du mir deine Tochter anbietest? Du weißt doch selbst, dass ich, bei Gott und bei dem, der den Himmel aufgespannt hat, den nächsten Morgen nicht anbrechen lassen werde, ohne dir zu befehlen, sie zu töten. Und wenn du sie nicht tötest, bringe ich dich um!» – «Verehrter Sultan», erwiderte er, «das habe ich ihr auch gesagt und es ihr klarzumachen versucht. Aber sie hat kein Ohr für meine Einwände. Es ist ihr Wunsch, in dieser Nacht bei dir zu sein.» Da freute sich der König. «Geh und ordne ihre Sachen», sagte er zu ihm. «Sobald die Nacht anbricht, führe sie zu mir.» ✿ Der Wesir zog sich zurück und überbrachte diese Botschaft seiner Tochter. «Möge Gott mich nicht betrüben durch die Trennung von dir!», setzte er hinzu. Schahrasad freute sich über die Maßen und machte gleich sich selbst und alles, was sie brauchte, hübsch zurecht. Dann ging sie zu ihrer jüngeren Schwester Dinarasad. «Liebe Schwester», sagte sie zu ihr, «merke dir gut, was ich dir jetzt auftrage. Sobald ich beim Sultan bin, werde ich nach dir schicken. Wenn du dazukommst und siehst, dass der König seine Lust befriedigt hat, dann sage zu mir: ‹Ach, Schwester, wenn du nicht schläfst, so erzähle mir eine Geschichte!› Ich werde euch dann etwas erzählen, und das wird der Grund für meine Rettung und für die Rettung dieses ganzen Volkes werden. So werde ich den König von seinem grausamen Verhalten abbringen!» – «Einverstanden», antwortete Dinarasad. ✿ Dann kam die Nacht. Der Wesir nahm Schahrasad und führte sie zu dem großen König Schahriyar. Der zog sie auf sein Lager und wollte mit ihr spielen, aber sie brach in Tränen aus. «Warum weinst du?», erkundigte er sich. «Ich habe eine Schwester», schluchzte sie, «der möchte ich diese Nacht noch Lebewohl sagen. Sie soll Abschied von mir nehmen, noch ehe der Morgen graut.» Da ließ der König nach ihrer Schwester schicken, und Dinarasad kam, legte sich unter das Bett und schlief ein. ✿ Als die Nacht schon fortgeschritten war, erwachte Dinarasad, wartete geduldig, bis der König seine Lust an ihrer Schwester gestillt hatte und alle wach lagen. Dann räusperte sich Dinarasad. «Ach, Schwester», sagte sie mit einem Seufzer, «wenn du nicht schläfst, so erzähle uns doch eine deiner schönen Geschichten, damit wir uns unsere Nacht damit vertreiben können und ich dir dann noch vor dem Tagesanbruch Lebewohl sagen kann. Denn ich weiß nicht, was morgen mit dir geschehen wird.» – «Erlaubst du, dass ich erzähle?», fragte Schahrasad den König Schahriyar. «Einverstanden», sagte der. Und Schahrasad freute sich und sagte: «Dann höre zu!»

الليلة الأولى

من حديث الفتاة

وليلة من الغرائب

*Die erste Nacht aus der Geschichte von
Tausendundeiner Nacht, ein aufregendes Abenteuer*

Die erste Nacht

aus der Geschichte von Tausendundeiner Nacht,
ein aufregendes Abenteuer

Schahrasad sagte:

Der Kaufmann und der Dschinni

Die Leute behaupten, o glücklicher König und Herr des rechten Urteils, dass es einmal einen Kaufmann gab, der reich und wohlhabend war und ein großes Vermögen und viele Sklaven besaß. Er hatte eine ganze Anzahl Frauen und Kinder, außerdem Bürgschaften und Kredite im ganzen Land. ∝ Eines Tages zog er aus, um in ein anderes Land zu reisen. Er bestieg also ein Reittier und packte unter sich eine Satteltasche mit saurem Gemüse und Datteln als Wegzehrung. Dann reiste er Tage und Nächte, bis Gott ihn wohlbehalten am Ziel seiner Reise ankommen ließ. Dort erledigte er seine Geschäfte, o glücklicher König, und machte sich dann auf den Rückweg in sein Land und zu seiner Familie. Er reiste drei Tage lang. Am vierten Tag kam eine große Hitze auf, die die Erde völlig versengte. Da er nun vor sich eine Plantage sah, ritt er auf diese zu, um dort Schatten zu suchen. Er gelangte an einen Nussbaum, unter dem eine frische Quelle sprudelte. An der Quelle ließ er sich nieder, band sein Tier fest, lud die Satteltasche ab und entnahm ihr etwas von dem eingelegten Gemüse, das er als Wegzehrung dabeihatte, sowie einige Datteln. Er begann, die Datteln zu verspeisen, und warf die Dattelkerne nach rechts und links von sich, bis er fertig war. Dann stand er auf, reinigte sich und betete. ☞ Als er sich beim Gebet zum Gruß umblickte, bemerkte er einen alten Dschinni. Seine Füße standen auf der Erde, sein Kopf aber ragte in die Wolken, und in seiner Hand hielt er ein gezücktes Schwert. Der Dschinni kam heran, bis er dicht vor ihm stand. «Steh auf, damit ich dich töte mit diesem Schwert, so wie du meinen Sohn getötet hast!», brüllte er ihm entgegen. ☞ Als der Kaufmann die Worte des Dschinnis hörte und ihn sah, fürchtete er sich, und die Angst kroch in ihn hinein. «Mein Herr», sagte er, «um welcher Schuld willen möchtest du mich töten?» – «Ich töte dich», war die Antwort, «weil du mein Kind getötet hast.» – «Wer hat dein Kind getötet?», entgegnete er. «Du hast mein Kind getötet!», polterte der Dschinni. «Bei Gott, ich habe dein Kind nicht getötet!», sagte der Kaufmann. «Wann und wie soll denn das geschehen sein?» Da sagte der Dschinni: «Hast du nicht hier gesessen und aus deinem Reisesack Datteln herausgenommen und hast begonnen, die Datteln zu essen, und dabei die Dattelkerne nach rechts und links weggeworfen?» – «Ja», erwiderte der Kaufmann, «das habe ich getan.» – «Dann hast du also meinen Sohn ermordet», wiederholte der Dschinni, «denn als du die Dattelkerne nach rechts und links von dir warfst, kam gerade mein Sohn vorbeispaziert, da hat ihn ein Dattelkern getroffen und getötet. Und jetzt muss ich dich töten!» Der Kaufmann flehte: «Mein Herr, tu's nicht!» – «Doch, ich muss es tun, so wie du mein Kind ermordet hast!», sagte der Dschinni. «Wird nicht Mord mit Mord gerächt?» ☞ Da seufzte der Kaufmann:

«Wir sind Gottes Geschöpfe, und zu Ihm kehren wir zurück; es gibt keine Kraft und keine Stärke außer bei Gott, dem Erhabenen und Mächtigen! Wenn ich ihn getötet habe, dann war es ein Versehen, und ich bitte dich um Verzeihung.» Der Dschinni aber sagte: «Es führt kein Weg daran vorbei, dass ich dich töten muss, da du mein Kind getötet hast.» Damit zog er ihn zu sich heran, warf ihn zu Boden und erhob sein Schwert, um ihm den Kopf abzuschlagen. Der Kaufmann aber weinte und klagte um seine Familie, seine Frau und seine Kinder. Der Dschinni hob das Schwert zum zweiten Mal, um zuzuschlagen, da weinte der Kaufmann so sehr, dass er seine Kleider völlig durchnässte. Dabei sagte er: «Es gibt keine Kraft und keine Stärke außer bei Gott, dem Erhabenen und Mächtigen», und sprach die folgenden Verse:

«Das Schicksal besteht aus zwei Tagen: einer ist Sicherheit, einer
Gefahr.
Und unser Leben hat zwei Hälften: eine ist trübe, und eine ist
klar.

Sage zu dem, der uns geschmäht hat um unsres Schicksals willen:
‹Hat je das Schicksal einen geprüft, der ohne Bedeutsamkeit war?

Siehst du denn nicht den Wind, wenn die Stürme toben?
Er fällt von den Bäumen nur die höchsten gar.

Und wie viel Grün gibt es auf Erden und wie viel Dürres?
Aber Steine liegen nur dort, wo die Erde fruchtbar war.

Am Himmel stehen Sterne ohne Zahl,
Doch sind nur Sonne und Mond, einander verfinsternd, ein Paar.

Wie schön waren deine Gedanken, als schöne Tage erschienen,
Da hattest du keine Angst vor dem nächsten Tag oder Jahr.

Die Nächte erschienen dir friedlich, du ließest dich täuschen,
Doch in der klarsten Nacht erscheint der schrecklichste Mahr.»»

Doch der Dschinni sagte – da der Kaufmann aufgehört hatte
zu weinen und sein Gedicht gesprochen hatte –: «Bei Gott,
ich muss dich töten, selbst wenn du Blut weinen würdest, so
wie du meinen Sohn getötet hast.» Der Kaufmann entgegnete: «Gibt es denn gar keinen Ausweg?» – «Nein, es gibt keinen Ausweg», sagte der Dschinni. Und er zog sein Schwert,
um zuzuschlagen.

Da erreichte das Morgengrauen Schahrasad, und sie hörte
auf zu erzählen. Aber das innere Gemüt des Königs Schahriyar verlangte nach der Fortsetzung der Geschichte. Und
während die Morgendämmerung aufstieg, sagte Dinarasad
zu ihrer Schwester Schahrasad: «Wie schön und wie spannend ist deine Geschichte!» – «Was ist das schon», erwiderte
sie, «gegen das, was ich dir morgen Nacht erzählen werde,
wenn ich dann noch lebe und mich dieser König verschont.
Das wird noch viel schöner und viel spannender sein als das,
was ich heute erzählt habe.» Da sprach der König zu sich
selbst: «Ich werde sie, bei Gott, nicht eher töten, als bis ich
die Geschichte zu Ende gehört habe. Dann töte ich sie eben
morgen Nacht.» ❦ Nun brach der Morgen an, die Sonne
ging auf, und der Tag begann. Der König erhob sich zu seinen königlichen Geschäften. Schahrasads Vater, der Wesir,
verwunderte sich und war froh und erleichtert. Der König

aber regierte bis in die Nacht, dann ging er in seine Privatgemächer und legte sich auf sein Lager. Schahrasad gesellte sich zu ihm. ଔ Nun sagte Dinarasad zu ihrer Schwester Schahrasad: «Ach, Schwester, ich beschwöre dich bei Gott! Wenn du nicht schläfst, so erzähle mir eine deiner schönen Geschichten, damit wir uns diese Nacht damit vertreiben können!» – «Es soll aber der Schluss der Geschichte vom Dschinni und dem Kaufmann sein», fügte der König hinzu, «denn mein Herz hängt an dieser Geschichte.» – «Mit Vergnügen und Hochachtung, o glücklicher König!», antwortete sie.

Die zweite Nacht

aus den aufregenden Abenteuern der Geschichte
von Tausendundeiner Nacht

Schahrasad sagte:

Die Leute behaupten, o glücklicher König und Herr des rechten Urteils, dass, als der Dschinni seine Hand mit dem Schwert erhob, der Kaufmann zu ihm sagte: «O böser Dämon, musst du mich unbedingt töten?» – «Ja», antwortete jener. «Kannst du mir nicht eine Frist gewähren», bat er, «damit ich von meiner Familie, meinen Kindern und meiner Frau Abschied nehmen kann, mein Erbe unter ihnen aufteile und ihnen meinen letzten Willen mitteile? Danach komme ich zu dir zurück, und du kannst mich töten.» Der Ifrit sagte: «Ich befürchte, wenn ich dich freilasse und dir eine Frist einräume, dass du davonläufst, um deine Angelegenheiten zu erledigen, und dann nicht mehr zurückkommst.» – «Ich schwöre dir einen heiligen Eid», erwiderte der Kaufmann, «und ich bezeuge beim Herrn des Himmels und der Erde, dass ich zu dir zurückkommen werde!» – «Wie lang soll denn die Frist sein?», fragte der Dschinni. «Ein Jahr», antwortete der Kaufmann, «das wird ausreichen, dass ich die Sehnsucht nach meinen Kindern stille, meiner Frau Lebewohl sage und alle meine Bürgschaften auflöse. Am ersten Tag des nächsten Jahres komme ich zu dir zurück.» – «Gott ist Zeuge für das, was du versprichst», sagte der Dschinni.

«Wenn ich dich jetzt freilasse, kommst du am ersten Tag des nächsten Jahres wieder.» – «Gott ist Zeuge für das, was ich verspreche», bestätigte der Kaufmann. Als er diesen Schwur getan hatte, ließ ihn der Dschinni frei. ◌ Betrübt bestieg der Kaufmann sein Reittier und machte sich auf den Weg. Er reiste ununterbrochen, bis er seinen Heimatort erreichte, sein Haus betrat und seine Kinder und seine Frau wiedersah. Als sein Blick auf sie fiel, überwältigten ihn die Tränen. Er weinte und schluchzte bitterlich und zeigte deutlich alle Zeichen von Trauer und Kummer. Sie aber wussten nichts von dem, was ihm widerfahren war. ◌ «Mann, was ist mit dir?», fragte ihn seine Frau. «Was bedeuten deine Tränen? Heute ist doch ein Freudentag; wir feiern das Wiedersehen mit dir. Was soll dieses Trauergeheul?» – «Wie sollte ich nicht trauern und klagen», erwiderte er, «wo ich doch nur noch ein Jahr zu leben habe?» Und er berichtete ihr alles, was sich auf seiner Reise mit dem Dschinni zugetragen hatte, und auch, dass er einen Eid geschworen hatte, er werde am ersten Tag des folgenden Jahres zurückkommen, damit dieser ihn töte. ◌ *Es wird berichtet:* Als sie seinen Bericht hörten, weinten alle. Seine Frau zerschlug sich das Gesicht und schnitt sich die Haare ab. Die Mädchen weinten laut, die kleinen Kinder heulten, und es erhob sich eine gewaltige Trauerklage. An jenem Tag beweinten die Söhne ihren Vater, und er begann, von ihnen Abschied zu nehmen; auch sie verabschiedeten sich von ihm. Am Tag danach stand er auf und ging daran, sein Erbe zu verteilen und sein Testament zu machen. Er glich alle Schulden aus, bezahlte und schenkte und gab Almosen. Er ließ Koranleser kommen, die den ganzen Koran laut vor ihm vortrugen. Danach bestellte er zuver-

lässige Zeugen, ließ Mägde und Knechte frei und gab seinen
älteren Söhnen ihren Anteil an seinem Vermögen. Die jüngeren Söhne befahl er der Obhut der älteren an. Seiner Frau
zahlte er alles, was ihr zustand, so wie es im Ehevertrag fest-
gelegt war. ❧ So tat er, bis das Jahr verstrichen war bis
auf die Zeit, die er für die Wegstrecke benötigen würde. Er
stand auf, reinigte sich, betete, nahm sein Leichentuch und
sagte seiner Familie Lebewohl. Seine Söhne warfen sich ihm
um den Hals, seine Töchter weinten laut, und seine Ehefrau
schrie vor Schmerz. Ihre Trauer entsetzte sein Herz, und
seine Augen flossen über. Er küsste und herzte seine Kinder,
dann nahm er unter Tränen von ihnen Abschied. «Meine
Kinder», sagte er, «dies ist Gottes Beschluss und Verhängnis,
es ist ein göttliches Urteil. Der Mensch ist geschaffen, um zu
sterben.» Dann verließ er sie endgültig. Er wandte sich von
ihnen ab, bestieg sein Reittier und ritt Tage und Nächte, bis
er wieder zu der Plantage kam. ❧ Es war ganz genau der
erste Tag des folgenden Jahres. Er ließ sich wieder an derselben Stelle nieder, wo er die Datteln gegessen hatte. Dort
setzte er sich, um auf den Dschinni zu warten, Tränen in den
Augen und das Herz voller Trauer. Als er nun so dasaß, näherte sich ihm plötzlich ein alter Mann, der eine Gazelle an
einer Kette mit sich führte. Er kam auf ihn zu und grüßte
ihn. Der Kaufmann erwiderte den Gruß. «Mein Bruder»,
sprach ihn der Alte an, «was sitzt du hier herum? Dieser
Platz gehört bösen Dämonen und Teufelssöhnen. Die Plantage wird von Dschinnen bewohnt, und wer sich darin auf-
hält, dem ergeht es schlecht!» Der Kaufmann erzählte ihm,
was ihm mit dem Dschinni widerfahren war, vom Anfang
bis zum Ende. Der Alte wunderte sich über die Treue des

Kaufmanns. «Das ist aber ein furchtbarer Eid, den du da geschworen hast», meinte er und setzte sich neben den Kaufmann mit den Worten: «Bei Gott, ich werde nicht eher hier weggehen, als bis ich gesehen habe, wie es mit dir und dem Dschinni ausgeht.» So ließ er sich bei ihm nieder und unterhielt sich weiter mit ihm. Wie sie nun gerade mitten im Gespräch waren, erschien plötzlich –

Da erreichte das Morgengrauen Schahrasad, und sie hörte auf zu erzählen. Und während die Dämmerung aufstieg und das Morgenlicht heller wurde, sagte ihre Schwester: «Wie spannend und wie aufregend ist deine Geschichte!» – «In der nächsten Nacht», erwiderte sie, «erzähle ich euch etwas, das noch aufregender und noch viel spannender ist als das.»

Die dritte Nacht

aus den aufregenden Abenteuern der Geschichte
von Tausendundeiner Nacht

Und in der folgenden Nacht, nachdem ihre Schwester Schahrasad sich mit dem König Schahriyar auf das Lager niedergelassen hatte, sagte Dinarasad zu ihr: «Ach, Schwester, ich beschwöre dich bei Gott, wenn du nicht schläfst, so erzähle uns doch eine deiner schönen Geschichten, damit wir uns diese Nacht damit vertreiben können!» – «Aber es soll das Ende der Geschichte vom Kaufmann sein!», verlangte der König. «Einverstanden», antwortete sie.

Es ist mir zu Ohren gekommen, o glücklicher König, dass der Kaufmann dasaß, und neben ihm saß der Besitzer der Gazelle. Wie die beiden sich gerade so miteinander unterhielten, näherte sich ihnen ein zweiter alter Mann. Er hatte zwei schwarze Windhündinnen bei sich. Der Mann kam auf sie zu, grüßte sie, und die beiden erwiderten seinen Gruß. Er fragte sie, was sie hier machten, da erzählte ihm der Gazellenbesitzer die Geschichte des Kaufmanns mit dem Dschinni und was die beiden miteinander erlebt hatten, dass nämlich der Kaufmann dem Dschinni geschworen hatte, nach Ablauf eines Jahres wiederzukommen, damit jener ihn töten könne, und dass er jetzt auf seinen Mörder warte. «Und ich», fügte der erste Alte hinzu, «bin rein zufällig dazugekommen und habe, als ich seine Geschichte gehört hatte, geschworen, diesen Ort nicht zu verlassen, ehe ich mit eigenen Augen gesehen habe, was mit ihm und dem Dschinni weiter passiert.» ❧ *Es wird berichtet:* Als der Besitzer der beiden Hündinnen das hörte, wunderte er sich und schwor ebenfalls, er werde nicht eher gehen, «… als bis ich gesehen habe, was zwischen ihnen geschieht!» Dann fragte er den Kaufmann nach seiner Geschichte, und dieser berichtete ihm nochmals, was ihm mit dem Dschinni widerfahren war. ❧ Sie waren gerade in ihr Gespräch vertieft, als sich ihnen ein dritter alter Mann näherte. Er grüßte sie, und sie erwiderten seinen Gruß. «Was sehe ich euch da sitzen, ihr beiden Alten», sagte er zu ihnen, «und wer ist dieser Kaufmann, der sich zwischen euch gesetzt hat und der so betrübt und so niedergeschlagen dreinschaut?» Da berichteten sie ihm alles über ihn und erklärten ihm, dass sie beide sich dazugesetzt hatten, um zu sehen, wie es jenem jungen Mann mit dem Dschinni weiter ergehen würde. Als er die Geschichte gehört hatte, setzte er sich ebenfalls zu ihnen mit den Worten: «Auch ich will, bei Gott, nicht wieder aufstehen, bevor ich gesehen habe, was ihm mit dem Dschinni geschieht. Mir geht es genauso wie euch!» Danach vertieften sie sich wieder ins Gespräch. ❧ Es dauerte gar nicht lange, da bewegte sich, mitten aus der Wüste, eine Staubwolke auf sie zu. Der Staub löste sich auf und – es war der Dschinni. Er war gekommen, und in seiner Hand hielt er ein gezücktes Schwert aus Stahl. Ohne zu grüßen, ging er auf sie zu. Als er mitten unter ihnen stand, griff er mit seiner linken Hand den Kaufmann, zog ihn zu sich heran und brüllte: «Steh auf, dass ich dich töte!» Da brach der Kaufmann in Tränen aus, und auch die drei alten Männer begannen zu weinen und unter Tränen und Geheul um Hilfe zu rufen.

Da brach die Dämmerung sich ihre Bahn, und das Morgengrauen erreichte Schahrasad, so dass sie verstummte und ihre Erzählung unvermittelt abbrach. «Ach, Schwester», seufzte ihre Schwester Dinarasad, «wie schön ist deine Geschichte!» – «Was ist das schon», erwiderte sie, «gegen das, was ich euch morgen Nacht erzählen werde, das ist noch schöner als die heutige Geschichte und noch viel spannender und köstlicher, komischer, leckerer und süßer – wenn mich der König am Leben lässt und mich bis dahin nicht tötet!» ❧ Aber das Gemüt des Königs war schon in äußerster Spannung, und er war neugierig darauf, die Geschichte zu Ende zu hören. Deswegen sprach er zu sich selbst: «Bei Gott, ich werde sie nicht eher töten, als bis ich die Geschichte zu Ende gehört habe und weiß, was dem Kaufmann mit dem Dschinni widerfahren ist. Morgen Nacht aber töte ich sie, so wie ich es mit den anderen Frauen getan habe.» Damit ging er hinaus zu seinen Regierungsgeschäften. Dabei kam er auch mit ihrem Vater zusammen, ging auf ihn zu und behandelte ihn ganz vertraulich. Dieser wunderte sich. So ging es bis zum Einbruch der Nacht. Nun kehrte der König in seine Gemächer zurück und begab sich auf sein Lager und Schahrasad mit ihm. «Ach, Schwester», sagte da Dinarasad mit einem Seufzer, «wenn du nicht schläfst, so erzähle uns doch eine deiner schönen Geschichten, mit der wir uns unsere Nacht vertreiben können!» – «Mit Vergnügen!», antwortete sie.

Die vierte Nacht

Schahrasad sagte:

Man behauptet, o glücklicher König, dass, als der Dschinni auf den Kaufmann zukam, der erste Alte – der mit der Gazelle – hervortrat, dem Dschinni Hände und Füße küsste und zu ihm sagte: «Ehrenwerter Satan und Krone der Könige der Dschinnen! Wenn ich dir meine Geschichte mit dieser Gazelle erzähle und du sie spannend und aufregend findest, noch spannender als das, was dir mit diesem Kaufmann hier zugestoßen ist, schenkst du mir dann ein Drittel seines Verbrechens und ein Drittel seiner Schuld?» – «Einverstanden», sagte der Dschinni. Und der Alte, der Gazellenbesitzer, erzählte:

Die Geschichte des ersten Alten

Du musst wissen, verehrter Dschinni, dass diese Gazelle meine Kusine ist. Sie ist die Tochter des Bruders meines Vaters, also mein Fleisch und Blut, und sie ist seit meiner Jugend meine Ehefrau. Als wir heirateten, war sie zwölf Jahre alt. Erst bei mir reifte sie zur Frau. Ich lebte dreißig Jahre lang mit ihr zusammen, ohne von ihr Kinder zu bekommen, weder einen Jungen noch ein Mädchen. Sie wurde kein einziges Mal schwanger. Und das, obwohl ich die ganzen dreißig Jahre hindurch immer gut zu ihr war, sie bediente und freundlich behandelte. ☙ Schließlich nahm ich mir eine Konkubine. Von der Konkubine bekam ich ein Kind, einen Sohn, so schön wie eine Hälfte des Mondes. Meine Kusine wurde auf sie und ihren Sohn eifersüchtig. ☙ Mein Sohn wuchs heran, bis er zehn Jahre alt war. Da musste ich einmal auf eine Reise gehen. Bevor ich abreiste, wies ich diese hier, meine Kusine, an, auf meine Geliebte und meinen Sohn achtzugeben. Ich vertraute sie ihrer Obhut an und versicherte mich, dass sie meine Anweisungen ernst nahm. Dann verließ ich die Familie für ein ganzes Jahr. Aber diese, meine Kusine, lernte während meiner Abwesenheit das Wahrsagen und Hexen und verhexte meinen Sohn, indem sie ihn in ein Kälbchen verwandelte. Sie bestellte meinen Hirten zu sich und übergab ihn ihm mit den Worten: «Lasse es mit den Kühen weiden!» Der Hirte nahm ihn zu sich, und er blieb eine Weile dort. Anschließend verzauberte sie auch seine Mutter, und zwar in eine Kuh, und übergab sie ebenfalls dem Hirten. Nach alldem kam ich zurück von meiner Reise. Als ich nach meiner Frau und meinem Kind fragte, sagte sie zu mir: «Deine Frau ist gestorben, und dein Kind ist vor zwei Monaten weggelaufen. Seitdem habe ich nichts mehr von ihm gehört.» Mein Herz brannte, als ich ihre Worte hörte, und ich trauerte den Rest des Jahres um meine Frau und mein Kind. ☙ Dann kamen die Feiertage von Gottes großem Fest heran. Ich schickte zu dem Hirten und befahl ihm, eine fette Kuh auszusuchen, die ich als Opfertier schlachten wollte. Die Kuh, die er mir brachte, war meine verzauberte Frau. Als ich sie festband und mich auf ihr abstützte, um ihr den Todesstoß zu versetzen, weinte sie und schrie laut:

«Ibnuuh! Ibnuuh!» Dabei liefen ihr Tränen über die Wangen. Das wunderte mich und erregte mein Mitleid. Ich ließ von ihr ab und sagte dem Hirten: «Bringe mir eine andere!» Aber meine Kusine rief mir zu: «Nein, schlachte diese! Der Hirte hat keine bessere und fettere als sie. Wir wollen ihr Fleisch an diesen Feiertagen essen.» Da trat ich zum zweiten Mal zu ihr hin, um sie zu schlachten, und wieder schrie sie: «Ibnuuh! Ibnuuh!» Ich ließ von ihr ab und sagte zu dem Hirten: «Schlachte du sie für mich, ich kann es nicht.» Der Hirte schlachtete sie und zog ihr die Haut ab, aber da war weder Fleisch noch Fett zu sehen, nur Haut und Knochen. Nun bereute ich, dass ich sie hatte schlachten lassen. «Nimm die ganze Kuh für dich», sagte ich zu dem Hirten, «oder spende sie einem Bedürftigen als Almosen und suche mir unter den Kühen ein fettes Kälbchen heraus.» Da nahm sie der Hirte und ging mit ihr davon, und niemals habe ich erfahren, was er mit ihr gemacht hat. ✎ Danach brachte er mir meinen Sohn, mein Herzblatt, in Gestalt eines fetten Kälbchens. Als mein Sohn mich erblickte, zerriss er den Strick, mit dem sein Kopf angebunden war, stürzte auf mich zu, warf sich zu meinen Füßen nieder und rieb seinen Kopf an mir. Ich wunderte mich über ihn. Mich ergriffen Mitleid und Erbarmen und die Sehnsucht des Blutes nach dem eigenen Blut und dem göttlichen Geheimnis. Alle meine Eingeweide wurden weich, als ich die Tränen sah, die dem Kälbchen, meinem Sohn, über die Wangen liefen und wie er dazu mit den Hufen scharrte. Da ließ ich von ihm ab und sagte zu dem Hirten: «Lass dieses Kälbchen mit den Ziegen laufen, und behandle es gut. Ich habe es freigegeben. Bring mir ein anderes.» Doch meine Kusine, diese Gazelle hier, rief wieder: «Wir schlach-

ten kein anderes als genau dieses Kälbchen!» Da wurde ich
wütend. «Ich habe schon bei der Kuh auf dich gehört und
sie schlachten lassen», sagte ich zu ihr, «und wir konnten sie
nicht verwenden. Bei diesem Kälbchen werde ich nicht auf
dich hören. Ich habe es vom Schlachten freigegeben.» Aber
meine Kusine drang weiter in mich. «Doch!», bekräftigte
sie. «Wir müssen unbedingt dieses Kälbchen schlachten!»
Also nahm ich das Messer, fesselte das Kälbchen –

Da erreichte das Morgengrauen Schahrasad, und die Dämmerung brach sich ihre Bahn, so dass sie aufhörte zu erzählen. Aber das Gemüt des Königs war gespannt auf den Rest
der Geschichte. «Ach, Schwester!», seufzte ihre Schwester
Dinarasad. «Wie köstlich ist deine Geschichte!» – «Morgen
Nacht», erwiderte sie, «erzähle ich euch etwas noch Köst-
licheres, Spannenderes und Aufregenderes, wenn ich bis dahin am Leben bleibe und dieser König mich verschont und
mich nicht tötet …»

Scharasad, du beste Erzählerin aller Zeiten!
Lass uns aufregende Geschichten über Vögel und Tiere hören!

Glücklich vereint

Zwischenwort der Übersetzerin

Drei alte Männer stehen vor einem furchterregenden Dschinni, und jeder von ihnen erkauft mit seiner Geschichte ein Drittel des Lebens eines vom Tode bedrohten Kaufmanns – wir haben gerade davon gelesen. In *Tausendundeine Nacht* begegnen wir solchen brenzligen Situationen auf Schritt und Tritt; so kommt es beispielsweise zur Geschichte des ersten, zweiten und dritten Bettelmönchs in der Erzählung *Der Träger und die drei Damen* oder zu den Geschichten des jüdischen Arztes, des christlichen Maklers, des islamischen Küchenchefs und des Schneiders in *Der Bucklige, der Freund des Kaisers von China*. Alle diese Geschichten sind im wörtlichen Sinne lebensrettend, denn sie retten das Leben ihrer Erzähler, genau so wie es die Rahmengeschichte selbst tut. Es sind Geschichten gegen den Tod, denn wer sie hört, wird dermaßen gefesselt und fasziniert, dass er seine Rachegefühle oder Mordgelüste vergisst und nichts mehr im Leben verlangt als eine gute Geschichte und ihre Fortsetzung. Spannend und aufregend (arab. *aǧīb wa-ǧarīb*) müssen diese Erzählungen sein, sie sind aus dem Leben ihrer Erzähler gegriffen und führen mitten ins Leben zurück. Das ist das Geheimnis von *Tausendundeine Nacht*, der wohl ältesten und bedeutendsten Geschichte über das Erzählen, und von Schahrasad, der Erzählerin par excellence.

Wer aber war Schahrasad? Erfinderin des Cliffhangers, Urmutter der Fernsehserie und des Fortsetzungsromans, Vorbild moderner Psychotherapeuten, Symbol feministischer Bildungsbestrebungen, tausendfach gemaltes, beschriebenes und besungenes Kunstmotiv, unermüdlich liebende Frau, Schwester, Tochter und Mutter – alles das und noch viel mehr kommt zusammen in diesem Mädchen, das gleichzeitig achtzehn und zweitausend Jahre alt ist. Achtzehn Jahre mag die Wesirstochter ungefähr zählen, als sie den grausamen König mit ihren Erzählungen fesselt und zu guter Letzt auch heilt. Fast zweitausend Jahre weit können wir die literarische Figur der Schahrasad sowie die übrigen Motive der Rahmengeschichte von *Tausendundeine Nacht* in der Weltliteratur zurückverfolgen. Und je weiter wir ihnen nachspüren, desto tiefer dringen wir ein in den «Orient des Orients».

Denn auch der Orient hatte bereits einen Orient. Die Rahmengeschichte von *Tausendundeine Nacht* spielt ja von Bagdad, Kairo oder Damaskus aus gesehen im «Morgenland», nämlich in Persien, Zentralasien, Indien und China. Dieser «Orient des Orients» war anziehend und exotisch zugleich, fremd und gefährlich, bevölkert von Dschinnen und Ifriten, ganz ähnlich mit Klischees behaftet, wie es unsere europäischen Orientvorstellungen im 18. und 19. Jahrhundert waren.

Und dennoch hat dieses exotische Orientbild, das uns gleich am Anfang des Werks dessen historisches und geographisches Spielfeld vorstellt, auch eine reale Entsprechung in der Literaturgeschichte. Tatsächlich wissen wir, dass in der altindischen Literatur bereits um die Zeitenwende alle Hauptmotive der Rahmenhandlung von *Tausendundeine Nacht* überliefert wurden und dass diese Motive zum ersten Mal in einem mittelpersischen Werk, entstanden in der Zeit der Sasanidenkönige (2. bis 6. Jahrhundert), zu einer Großerzählung kombiniert wurden. Wir kennen sogar deren persischen Titel: *Hezār Afsān*, «Tausend Abenteuergeschichten». Arabische Übersetzer aus dem Bagdad des 8. Jahrhunderts kannten das damals schon berühmte Werk unter diesem persischen Namen, übertrugen den Titel aber als *Alf Layla*, «Tausend Nächte», ins Arabische.

Mindestens dreimal im Laufe der arabischen Literaturgeschichte können wir vollständige arabische Fassungen von *Tausendundeine Nacht* dingfest machen, das heißt solche Fassungen, die exakt 1000 bzw. 1001 Nächte enthielten.

Die erste vollständige Fassung muss um das Jahr 900 vorgelegen haben. Im Zuge der Übersetzung aus dem Persischen dürften die *Tausend Nächte* auch schon etliche Geschichten aus der frühen arabischen Literatur angesammelt haben – nichts Ungewöhnliches für eine Literatur, die Anthologien so sehr liebte. Ein einziges Blatt mit vier Seiten aus einer Handschrift dieser frühen arabischen Fassung ist uns bis heute erhalten. Es wird in der Universitätsbibliothek Chicago aufbewahrt. Das Blatt, das bereits im Jahr 866 einem Bagdader Notar als Schmierpapier für seine Federproben diente, ist zwar nur ein winziges Fragment, aber immerhin ein greifbarer Beweis dafür, dass das in der arabischen Literatur der Zeit mehrfach erwähnte Werk wirklich existiert hat.

Zum zweiten Mal vollständig war das Werk in der späten Mamlukenzeit, etwa um 1500. Nun lautete der Titel schon so, wie wir ihn heute kennen, nämlich *Alf layla wa-layla*, «Tausendundeine Nacht». Aus dieser Phase kennen wir mehrere Handschriften, leider alle nur noch Fragmente unterschiedlicher Exemplare. Da einige von ihnen in Syrien zirkulierten, bevor sie dort von Sammlern erworben und in wissenschaftliche Bibliotheken in aller Welt eingegliedert wurden, nennt man diese Fassung auch die «syrische Rezension».

Im Jahre 1701 gelangten drei von ehemals wahrscheinlich zwölf Bänden einer Handschrift der «syrischen Rezension» aus Aleppo nach Paris. In den schmalen, schmucklosen Büchern standen der Anfang der Rahmengeschichte und die ersten 282 Nächte, insgesamt etwa ein Viertel des Gesamttextes. Nach ihrem ersten Übersetzer, Antoine Galland (1646–1715), wird die Handschrift als «Galland-Handschrift» bezeichnet.

Doch Antoine Galland tat weit mehr, als die Handschrift zu übersetzen. Er passte die Übersetzung der damals in Frankreich gepflegten höfischen Etikette an – so wird die Königin zu Anfang der Rahmenhandlung statt mit einem Küchenjungen mit einem Offizier erwischt –, glättete alles Befremdliche, strich alles, was den Lesegewohnheiten der Franzosen um 1700 zuwiderlief, und erfand vor allem eine Fortsetzung der Geschichten. Denn die Galland-Handschrift war ja unvollständig, besser gesagt ein Torso. Eine unmittelbare Fortsetzung derselben Handschrift wurde trotz intensiver Suche bis heute nicht gefunden. Also ergänzte Galland den fehlenden Großteil des Werks aus Geschichten, die in seiner Schublade schon fertig übersetzt vorlagen, wie *Sindbad der Seefahrer* und anderen Geschichten, zu deren handschriftlichen Quellen er als Bibliothekar an der Bibliothèque du Roi Zugang hatte. Als auch das nicht ausreichte, ließ er sich von Hanna Diyab, einem jungen, in Paris wohnhaften Syrer, weitere Geschichten in die Feder erzählen – höchstwahrscheinlich gleich in französischer Sprache. Nicht zufällig sind darunter gerade die Erzählungen, die sich in Europa zu den bekanntesten in *Tausendundeine Nacht* entwickeln sollten: *Aladdin und die Wunderlampe* sowie *Ali Baba und die 40 Räuber*.

Antoine Gallands Nachschöpfung *Les mille et Une Nuit* wurde sofort in mehrere europäische Sprachen übersetzt. Schon 1706, zwei Jahre nach dem ersten Band der französischen Ausgabe, erschienen gleichzeitig die erste deutsche und die erste englische Weiterübersetzung. Und so gelangten diese Geschichten in alle Literaturen Europas und der Welt, auch in die deutsche Literatur, wo sie bis heute lebendig sind und immer wieder nacherzählt wurden.

Zum dritten Mal war das Werk um 1800 vollständig, und von dieser in Kairo und Paris entstandenen Handschriftenfamilie stammen nahezu alle arabischen Druckausgaben ab. Diese jüngste Fassung der arabischen *Tausendundeine Nacht* war allerdings schon entscheidend beeinflusst vom in Europa gewachsenen Interesse an vollständigen Handschriften des Werks. Sie enthält auch solche Geschichten, die speziell für den europäischen Markt fabriziert und teils aus dem Französischen ins Arabische zurückübersetzt worden waren.

Deswegen sind die Übersetzungen, die direkt und ohne den Umweg einer anderen Sprache auf die vollständigen arabischen Handschriften und Drucke um 1800 zurückgehen, unwissentlich in eine Falle geraten. Denn ihre arabischen Originale bilden ja bereits eine europäisch geprägte Gestalt von *Tausendundeine Nacht* ab.

Welches Schicksal hatte unterdessen die Handschrift, mit der alles begann? Während des europäischen Siegeszugs von *Tausendundeine Nacht* im 18., 19. und 20. Jahrhundert lag die Galland-Handschrift praktisch unbeachtet in der Bibliothèque Nationale zu Paris. Erst 1984 würdigte sie der irakischstämmige Arabist Muhsin Mahdi einer kritischen Edition. Diese Edition liegt dem ersten Teil der vorliegenden Übersetzung zugrunde.

Eine andere Handschrift, die ebenfalls lange Jahrhunderte hindurch im Dornröschenschlaf blieb, wurde für das «Glückliche Ende» von *Tausendundeine Nacht* übersetzt. In der kleinen Raşit-Efendi-Bibliothek im Herzen der anatolischen Stadt Kayseri wird die bei weitem älteste Handschrift aufbewahrt, die den Schluss von *Tausendundeine Nacht* enthält. Doch sie steht unter einem falschen Titel im Regal: *Abhandlung über die Tücke der Weiber*. Dieser falsche Titel, dazu die heillose Unordnung der Blätter, das Fehlen von Überschriften und Nummerierung der Nächte und wohl auch der abgelegene Aufbewahrungsort haben dazu geführt, dass das ungewöhnliche Manuskript kaum beachtet und vielleicht von niemandem jemals vollständig gelesen wurde. Und so lernen wir jetzt zum weltweit allerersten Mal das glückliche Ende von *Tausendundeine Nacht* nach dem ältesten arabischen Original kennen.

Die Kayseri-Handschrift besteht aus drei Hauptteilen und dem ausführlichen Ende der Rahmengeschichte. Die im ersten Hauptteil versammelten Fabeln, Anekdoten, Witze, Schwänke und Aphorismen erlauben uns einen einmaligen Einblick in den arabischen Humor vergangener Tage. Die beiden anderen Hauptteile enthalten zwei große Geschichtenzyklen mit eingeschachtelten Gauner- und Halunkenstreichen, Kriminal- und Liebeskomödien. Gerade die sinnlichen und erotischen Passagen sind ein Grund dafür, dass das Werk streng religiösen Kreisen der islamischen

Orthodoxie suspekt war, oft zensiert wurde und mancherorts auch heute noch verboten ist.

Mit dem letzten Hauptteil und zweiten groß angelegten Zyklus der Kayseri-Handschrift, *Sultan Baybars und die sechzehn Offiziere,* beginnt die Textauswahl für das vorliegende Buch. Wir finden hier sechzehn ungewöhnliche Polizeiberichte aus dem mamlukischen Kairo, eingeschachtelt in die Geschichte vom gelangweilten Sultan Baybars, der endlich einmal erfahren möchte, «wie es im richtigen Leben zugeht».

Dieser Geschichtenzyklus geht schließlich in das glückliche Ende der Rahmenerzählung über. Mit dem Einfühlungsvermögen und Geschick einer guten Psychologin erzählt Schahrasad die Geschichten so, dass der grausame Sultan Schahriyar mehr und mehr erkennt, wie ihm der Spiegel vorgehalten wird. Er gelangt zu einer Läuterung, die ihn selbst glücklich macht und gleichzeitig ein prachtvolles Happy End für alle Protagonisten einleitet.

Schon mitten in den Erzählnächten sehen wir hier und dort solche Gedanken aufblitzen, etwa in der Geschichte *Salim und Salma.* «Bei Gott, ich habe doch selbst auch nichts anderes getan», sinniert König Schahriyar, während er hört, wie Salma ihren Bruder Salim von einem Mordplan abbringen möchte. «Achtlos und gleichgültig habe ich Frauen und junge Mädchen getötet. Gott sei Dank, dass dieses Mädchen, Schahrasad, mich davon abgebracht hat, denn Mord an einer Menschenseele ist wahrhaftig ein schweres Verbrechen.» Eine andere Geschichte, in der Schahrasad ihm von einem Asketen und seiner enthaltsamen Lebensweise erzählt, kommentiert Schahriyar mit den Worten: «Du hast mir Lust gemacht, der Königsherrschaft zu entsagen, Schahrasad.» Am ausführlichsten aber sind Schahriyars Überlegungen am Schluss der Rahmengeschichte, wenn er neu über die vermeintliche Bosheit der Frauen und den Betrug seiner eigenen Frau nachdenkt: «Wenn die früheren Könige der Perser noch mehr ertragen mussten als ich», spricht der König zu sich selbst, «dann will ich meine Seele nicht länger mit Selbstvorwürfen quälen. Was aber dieses Mädchen angeht, Schahrasad, so gibt es auf der ganzen Welt nicht ihresgleichen. Gepriesen sei Der, der sie den Menschen zur Rettung vor Mord und Hartherzigkeit werden ließ!» Damit meint der geläuterte König seine eigene Hartherzigkeit, die zu dem Entschluss geführt hat, jeden Tag eine neue Frau zu heiraten und sie am folgenden Morgen hinrichten zu lassen. Geheilt ist Schahriyar aber nicht nur von seiner Hartherzigkeit, sondern vor allem dank Schahrasad von der Verurteilung aller Frauen.

Als Auftakt zum glücklichen Ende wird der Prolog von *Tausendundeine Nacht*, also der Anfang, der sonst als Rahmengeschichte ohne eigenen Erzähler dasteht, aus dem Mund des letzten von sechzehn Offizieren wiederholt. Ja, mehr noch: *Des Königs eigene Geschichte* erzählt der sechzehnte Offizier so, als wäre es sein eigenes Erlebnis. Dies widerspricht der Logik der Geschichtenverschachtelung, denn wir befinden uns ja weit unterhalb der Ebene, auf der König Schahriyar der Erzählung von Sultan Baybars lauscht, welcher sich wiederum von seinen sechzehn Offizieren mit Geschichten unterhalten lässt. Doch nur durch diesen Kunstgriff kann das «glückliche Ende» eingeleitet werden. «Bei Gott, dies ist ja meine eigene Geschichte!», ist der König überrascht. «Sie handelt von keinem anderen als von mir! Ich war in Zorn und Unwillen befangen, bis dieses Mädchen hier mich auf den rechten Weg zurückgeführt hat. Gepriesen sei der Begründer aller Gründe, der die Hälse aus den Ketten löst! Ach, Schahrasad», wendet er sich dann an die Erzählerin, «du hast mich von einer großen Last befreit und aus meiner Torheit aufgerüttelt.»

So sind in vorliegendem Büchlein Anfang und Ende der Rahmengeschichte von *Tausendundeine Nacht* glücklich vereint. Sie stammen zwar nicht aus derselben Handschrift, aber doch aus Handschriften einer ähnlichen Zeit, als die Überlieferung von *Tausendundeine Nacht* noch unberührt war von den Erwartungen Europas an den Orient. Eine knappe Handvoll weiterer Handschriften aus dieser Überlieferungsphase warten noch auf ihre Übersetzung; auch diese bislang ungehobenen Schätze können den neuen, frischen Blick auf *Tausendundeine Nacht* weiter vervollständigen, mit magischen Orten, grandiosen Liebesabenteuern und sogar einem Ritterroman aus dem «Arabischen Wilden Westen».

Tausendundeine Nacht war immer ein Werk zum Lesen und zum Vorlesen. Bis weit ins 19. Jahrhundert hinein gehörte es zum Repertoire professioneller Geschichtenerzähler in den großen Städten der arabischen Welt. Dabei lasen die Erzähler aus ganz ähnlichen Handschriften vor wie denen, die unserer Neuübersetzung zugrunde liegen. Auf den öffentlichen Vortrag der Geschichten deuten die ausgeprägten Kontraste in der sprachlichen Gestalt der Texte hin: Kurze Hauptsätze ohne Nebensätze und deftige Dialoge auch mit Dialekteinsprengseln wechseln sich ab mit eleganten Reimprosapassagen und kunstvoll komponierten Gedichten, die einen ähnlichen Stellenwert einnehmen wie Arien in einer

Oper. Die Übersetzung will diese für das arabische Publikum so wichtige Vielfalt auch im Deutschen hörbar machen. Die Gedichte wurden daher nach Möglichkeit im arabischen Metrum übersetzt, in jedem Fall aber mit dem arabischen Monoreim. Die Reimprosapassagen wurden behutsam rhythmisiert, und die Erzählsprache läuft flott und schlicht, wie im arabischen Original.

Neben der Sprache kann uns auch die Schrift die Schönheit der Originaltexte nahebringen: «Die Schrift ist die Musik der Augen», so lautet ein arabisches Sprichwort. Der Kairoer Kalligraph Mustafa Emary hat eigens für diese Übersetzung den arabischen Titel *Alf layla wa-layla* (Seite 7 und 73), die Anrufungsformel am Beginn der Vorrede (die *Basmala*, Seite 9) sowie passende Sätze aus der Kayseri-Handschrift (Seite 43, 61, 113, 139) als Kalligraphien gestaltet. Die Übersetzung der in der Kalligraphie verborgenen Texte ist jeweils auf der Folgeseite angegeben.

Den Schriftzug *Alf layla wa-layla* betrachtet die arabische Welt zu Recht mit Stolz. *Tausendundeine Nacht* war für Jahrhunderte eines der großen Kultbücher der Weltliteratur und ist es bis heute geblieben. Es ist eines der schlagkräftigsten und frühesten Beispiele für die Bedeutung, ja die existentielle Notwendigkeit von Bildung und Literatur, ein Symbol für Weltoffenheit, Sinnlichkeit, die Klugheit der Frauen und die Macht des Erzählens. *Tausendundeine Nacht* beweist uns, dass Weisheit und Humor stärker sein können als Grausamkeit und Eifersucht, und zeigt uns damit eine ganz andere Seite des Orients als die, die gegenwärtig in den täglichen Nachrichten aufgeschlagen wird. *Tausendundeine Nacht* ist so in der Lage, Hoffnung zu machen auf eine bessere Welt.

Tausendundeine Nacht

Das glückliche Ende

Sultan Baybars und die sechzehn Offiziere

Die Leute behaupten – doch Gott allein kennt das Verborgene. Er ist sehr weise, mächtig, großmütig, freundlich und barmherzig –, dass es in der Hauptstadt Ägyptens einmal einen mächtigen König gab, der islamische Eroberungszüge führte und persische Burgen einnahm. Sein Name war König Ruknaddin Baybars al-Bundukani. Die Verwaltung der Stadt hatte er einem gerechten Wali anvertraut. ◌ Nun war dieser König, der den Beinamen «der Siegreiche» trug, ganz versessen auf Geschichten aus dem einfachen Volk. Er wollte das alles mit eigenen Augen sehen und ihren Worten mit eigenen Ohren lauschen. Eines Tages saß einer seiner Hoferzähler, die ihn abends mit Geschichten unterhielten, bei ihm. «Majestät», sprach er ihn an, «es gibt Frauen, die mutiger und geschickter sind als die Männer. Manche Frauen kämpfen sogar mit dem Schwert oder schmieden Intrigen gegen die Obrigkeit und fügen den Herrschern Schaden zu.» – «Das würde ich gern einmal hören», gab der Siegreiche König zurück, «und zwar von einem, der es selbst erlebt hat. Er soll es mir erzählen, und ich will ihm zuhören.» – «Dann musst du das Oberhaupt deiner Stadt zu dir holen, der wird dich ans Ziel deiner Wünsche führen», mischte sich ein anderer Hoferzähler ein, und er ließ diesen zu sich bestellen. ◌ In jenen Tagen war Alamaddin Sandschar al-Marwasi der Verwalter und Wali der Stadt. Als er sich vor dem König eingefunden hatte, erklärte der ihm, was er im

Sinn trug und dass kein Weg daran vorbeiführte. «Was unser Gebieter, der Sultan, wünscht, werde ich erledigen und mich nach Kräften bemühen», versicherte der Wali, ging in sein Haus zurück, ließ die Hauptleute und Offiziere zu sich kommen und sprach zu ihnen: «Ich habe vor, meinen Sohn zu verheiraten und ein großes Festmahl auszurichten. Dazu wünsche ich mir, dass ihr euch alle an einem Ort versammelt und von den spannenden und aufregenden Vorfällen berichtet, die euch zu Ohren gekommen sind und die ihr selbst erlebt habt. Geschichten der Altvorderen habe ich zur Genüge gehört. Jetzt will ich die Geschichten der Nachgeborenen und ihre spannenden Erlebnisse erfahren, damit ich sehen kann, wie es im wirklichen Leben zugeht.»

Da überraschte das Morgengrauen Schahrasad, und sie hörte auf zu erzählen. «Ach, Schwester», sagte ihre Schwester Dunyasad zu ihr, «wie köstlich ist deine Geschichte und wie schön und gut und süß und angenehm!» – «Was wisst ihr schon davon», entgegnete sie ihr, «verglichen mit dem, was ich euch morgen Nacht erzählen werde? Das wird noch spannender und noch viel aufregender sein …»

Die neunhundertundfünfundsiebzigste Nacht

Und als die nächste Nacht gekommen war, sagte Dunyasad zu ihrer Schwester Schahrasad: «Ach, Schwester, ich beschwöre dich bei Gott! Wenn du nicht schläfst, so erzähle uns deine Geschichte zu Ende!» – «Einverstanden, mit Vergnügen!», antwortete sie.

Es ist mir zu Ohren gekommen, o glücklicher König, dass der Wali sagte: «Ich will sehen, wie es im wirklichen Leben zugeht und zu welchem Ende ein Ereignis führt.» – «Einverstanden!», sagten alle – doch Gott weiß es am besten –, «wir haben schon viele spannende Ereignisse und aufregende Vorfälle mit eigenen Augen gesehen.» ❧ Nun machte sich der Wali an die Vorbereitung des Festmahls und ließ es an nichts fehlen. Dem Siegreichen König teilte er mit: «Das Treffen ist an dem und jenem Tag. Unser Gebieter, der Sultan, möge daran denken und sich zum Zuschauen und Zuhören einfinden.» – «Gerne», erwiderte der Siegreiche und ließ ihm Schafe und anderes Schlachtvieh zukommen. «Nimm das als Beitrag zu dem, was du schon aufgewendet hast», sagte er dazu, «und bewirte alle, die du eingeladen hast, noch großzügiger!» ❧ Als der vereinbarte Tag gekommen war, räumte er für seine Hauptleute, Offiziere und Dienstboten ein großes Haus frei. Das Haus besaß eine Kuppel, und in der Kuppel waren Fenster, die auf das Haus hinunterblickten. Der Wali und der Siegreiche König nahmen ohne Begleitung in der Kuppel Platz. Die übrigen Gäste ließ er draußen, wo er ihnen Speisen und Getränke auftischte. Als sie fertig waren, brachte er ihnen den Wein. Der machte unter ihnen die Runde, und sie wurden fröhlich und fingen an, sich zu unterhalten und ihre Geheimnisse auszuplaudern. Und nun erzählte ein jeder, was er Aufregendes erlebt hatte. Der Erste, der sprach, war der Hauptmann der Leibwache.

Da überraschte das Morgengrauen Schahrasad, und sie hörte auf zu erzählen. «Ach, Schwester», sagte ihre Schwester Dunyasad zu ihr, «wie köstlich ist deine Geschichte und wie schön und gut und süß und angenehm!» – «Was wisst ihr schon davon», entgegnete sie ihr, «verglichen mit dem, was ich euch morgen Nacht erzählen werde, wenn ich dann noch lebe und mich der König vom Tode verschont? Das wird noch spannender sein als diese Geschichte und noch viel köstlicher, aufregender und kurzweiliger! Gott aber führt das Rechte zum Erfolg.»

 ### Die neunhundertundsechsundsiebzigste Nacht

Und als die nächste Nacht gekommen war, sagte Dunyasad zu ihrer Schwester Schahrasad: «Ach, Schwester, ich beschwöre dich bei Gott! Wenn du nicht schläfst, so erzähle uns deine Geschichte zu Ende!» – «Einverstanden, mit Vergnügen!», antwortete sie.

Es ist mir zu Ohren gekommen, o glücklicher König, dass als Erster von allen der Hauptmann der Leibwache sprach, der wohl wusste, was er zu sagen hatte. «Ich werde euch das Spannendste erzählen, was ich je erlebt habe», kündigte er an. «Es ist eine gewiefte Betrügerei, in die ich verwickelt wurde, und eine Quelle des Vergnügens!» – «Los, Meister, erzähl schon!», drängten alle. «Lass uns spannende Geschichten hören, die uns von Nutzen sind!» Und er erzählte:

Gott weiß, dass, als ich meinen Dienst aufnahm, dieser fein-
sinnige Emir mich für seine Leibwache erwählte. Ich genoss
einen hervorragenden Ruf, um dessentwillen mich alle ehr-
baren Menschen achteten. Wenn ich durch Kairo ritt, deu-
tete jedermann mit Finger und Auge zu mir hin. ఴ Eines
Tages saß ich im Amtshaus der Polizeiwache. Ich hatte mich
mit dem Rücken an die Wand gelehnt. Plötzlich fiel mir ein
Gegenstand in den Schoß. Es war, wie ich feststellte, eine
verschlossene Geldbörse. Ich öffnete sie und fand darin hundert Dirham, blickte mich um, wer sie wohl gebracht haben
mochte, konnte aber niemanden entdecken. Darüber wunderte ich mich. ఴ An einem anderen Tag hielt ich gerade
ein Schläfchen, als mich ein Gegenstand weckte. Ich fand
eine Geldbörse, ähnlich der ersten, rappelte mich hoch, bis
ich aufrecht dasaß, und zechte mit den anderen weiter. Seitdem verging kaum ein Tag, ohne dass ich etwas Derartiges
erlebte. ఴ Eines Tages saß ich wieder einmal beim Zech-
gelage. Plötzlich war da eine Hand, die mir eine Geldbörse in
den Schoß gleiten ließ. Ich griff nach der Hand – und siehe
da! Es war eine Frau, eine Versuchung für alle Weltbewoh-
ner, wie hineingegossen in die Gussform der Vollkommen-
heit, von beispielloser Anmut. Sie hatte einen weißen Stirn-
fleck wie ein Halbmond und Augenbrauen wie Schießbogen,
von denen Pfeile losschnellten. Ihre Augen wollten es den
Augen der Gazellen nachtun, und ihre Worte waren süßer
als frisches, erquickendes Wasser, wenn es geschwind die
Kehle hinabrinnt. ఴ «Wer bist du, meine Dame?», sprach
ich sie an. «Steh auf und komm weg von hier, damit ich dir

zeigen kann, wer ich bin!», gab sie zurück und fügte hinzu: «Du brauchst keine Angst zu haben und dir keine Sorgen zu machen. Ich will nur, dass du selbst siehst, wie es um mich bestellt ist.» ❧ Ich stand auf und ging mit ihr mit, bis wir vor der Tür eines Hauses stehen blieben. «Wer bist du, die du mir so viel Gutes getan hast, ohne mich überhaupt zu kennen?», fragte ich sie erneut. «Und was hat dich dazu gebracht?» – «Bei Gott, Hauptmann Muin», sagte sie da zu mir, «ich bin eine Frau und ich liebe die Tochter des Kadis Amin al-Hukm. Ich bin so verliebt in sie, dass ich fast sterbe. Einmal habe ich sie im Hammam gesehen, wir haben uns unterhalten und in einer abgeschiedenen Ecke miteinander gespielt. So ist es zu dem gekommen, was zwischen uns passiert ist. Die Liebe zu ihr ist in mein Herz gefallen, und wir haben uns gegenseitig Liebe und Freundschaft geschworen. Aber ihr Vater hält sie seitdem vom Hammam fern. So sind nun unsere Herzen in zärtlicher Eintracht verbunden, während wir beide entfernt voneinander leben.» ❧ Ich war erstaunt über ihre Worte. «Und was willst du jetzt tun?», fragte ich sie. «Ich will, dass du mir hilfst, Hauptmann Muin!», verlangte sie. «Was habe ich mit der Tochter des Kadis Amin al-Hukm zu schaffen?», fragte ich zurück. «Ich weiß, dass du mir keinen Zugang zu ihr verschaffen kannst», sagte sie. «Deswegen will ich mein Ziel mit einer List erreichen, und diese List kann nur mit dir gelingen.» – «Tu das und schmiede deine List! Ich werde dir helfen», versprach ich ihr. ❧ «Heute Nacht», erklärte sie mir, «werde ich losgehen, mir Schmuck leihen, mich damit behängen und mich in die Gasse setzen, die zum Haus des Kadis Amin al-Hukm, des Vaters des Mädchens, führt.»

Da überraschte das Morgengrauen Schahrasad, und sie hörte auf zu erzählen. «Ach, Schwester», sagte ihre Schwester Dunyasad zu ihr, «wie köstlich ist deine Geschichte und wie schön und gut und süß und angenehm!» – «Was wisst ihr schon davon», entgegnete sie ihr, «verglichen mit dem, was ich euch morgen Nacht erzählen werde? Das wird noch spannender, aufregender und berauschender sein ...»

 ## Die neunhundertundsiebenundsiebzigste Nacht

Und als die nächste Nacht gekommen war, sagte Dunyasad zu ihrer Schwester Schahrasad: «Ach, Schwester, ich beschwöre dich bei Gott! Wenn du nicht schläfst, so erzähle uns deine Geschichte zu Ende!» – «Einverstanden, mit Vergnügen!», antwortete sie.

Es ist mir zu Ohren gekommen, o glücklicher König, dass der Hauptmann Muin erzählte:

Das Mädchen erklärte mir: «Ich werde mir Schmuck leihen, andere Kleider anziehen und mich in die Gasse des Kadis setzen. Wenn dann die Zeit der Wachpatrouille kommt und ihr mich dort sitzen seht, behängt mit Geschmeide, wie es keiner von euch je gesehen hat, und nach herrlichen Parfums duftend, dann frage du mich nach meinem Ergehen. Ich werde dir antworten, dass ich aus der Festung des Sultans komme, in die Stadt hinuntergegangen bin, um meine Besorgungen zu machen, und dass mich der Abend überrascht hat und das Stadttor Bab Suweila schon geschlossen war. ‹Ich kenne hier niemanden, zu dem ich gehen könnte›, werde ich sagen, ‹da habe ich diese Gasse hier entdeckt, und da sie mir sauber genug vorkam, habe ich hier Zuflucht gesucht. Ich habe ja gesehen, dass in der Gasse ein Tor ist, welches zweifellos bewacht sein muss, also werde ich hier bis morgen früh nächtigen und dann wieder hinaufsteigen auf die Festung.› Nachdem ich dir das gesagt habe, wird der Führer der Wachpatrouille, Alamaddin Sandschars Hauptwachtmeister, ganz gewiss zu dir sagen: ‹Es muss jemand über Nacht bei ihr bleiben und sie bewachen, oder du lässt sie wählen, bei wem sie übernachten will.› Wenn er das gesagt hat, sage du: ‹Dies ist die Gasse des Kadis Amin al-Hukm. Ich werde sie bis morgen früh bei ihm unterbringen. Das ist das Angemessenste, da sie ja vor seiner Haustür aufgefunden wurde.› Du gibst mich bei ihm ab, und schon habe ich das Ziel meiner Wünsche erreicht und kann mein Verlangen nach dem Mädchen stillen.» ଓ Als ich diese Rede gehört hatte, sprach ich zu mir selbst: «Das ist keine große Sache», und zu ihr sagte ich: «Tue es, und ich werde es genauso machen.» Das ließ sie mich versprechen. ଓ Die Nacht brach an, und wir rückten zu unserer Streife aus. Als wir nach Mitternacht zu der bewussten Gasse kamen, nahmen wir betörende Düfte wahr. Einer von uns meldete: «Mir ist, als sähe ich dort so etwas wie den Schatten einer Person.» – «Geht nachsehen, wer es ist!», befahl der Anführer. ଓ Ich trat in die Gasse, kam wieder heraus und sagte: «Da ist eine schöne Frau, die hat teure Gewänder und eine Menge Schmuck an sich. Sie sagt, sie käme aus der Festung, der Abend habe sie überrascht und sie kenne niemanden.»

Da überraschte das Morgengrauen Schahrasad, und sie hörte auf zu erzählen. «Ach, Schwester», sagte ihre Schwester Dunyasad zu ihr, «wie köstlich ist deine Geschichte und wie schön und gut und süß und angenehm!» – «Was wisst ihr schon davon», hielt ihre Schwester Schahrasad ihr entgegen, «verglichen mit dem, was ich euch morgen Nacht erzählen werde, wenn ich dann noch lebe und mich der König verschont? Das wird noch spannender sein als das und noch viel köstlicher und berauschender …»

 Die neunhundertundachtundsiebzigste Nacht

Und als die nächste Nacht gekommen war, sagte Dunyasad zu ihrer Schwester Schahrasad: «Ach, Schwester, ich beschwöre dich bei Gott! Wenn du nicht schläfst, so erzähle uns deine Geschichte zu Ende!» – «Einverstanden, mit Vergnügen!», antwortete sie.

Es ist mir zu Ohren gekommen, o glücklicher König, dass der Hauptmann Muin zu dem Anführer sagte: «Da ist eine schöne Frau, die hat teure Gewänder und eine Menge Schmuck an sich. Sie hat angegeben, sie komme aus der Festung, der Abend habe sie überrascht, das Stadttor sei schon geschlossen gewesen und sie kenne niemanden, bei dem sie Unterschlupf suchen könnte. Sie habe diese Gasse hier entdeckt und gesehen, wie schön sauber sie sei, und habe gleich verstanden, dass sie einem bedeutenden Mann gehören müsse, und sich hier hineingeflüchtet.» ৎ «Bring sie zu dir nach Hause!», bestimmte der Anführer. «Um Gottes willen!», wehrte ich ab. «Mein Haus ist ein Müllhaufen, dieses Mädchen hingegen trägt Schmuck im Wert von Tausenden am Leib. Nein, für sie gibt es keine andere sichere Unterkunft als beim Kadi Amin al-Hukm.» ✆ Da trat auch schon der Diener heraus. «Behaltet diese Frau bis morgen früh bei euch!», wies ich ihn an. «Sie ist euer anvertrautes Gut. Der Hauptwachtmeister des Emirs hat sie aufgefunden mit all dem Schmuck, den sie an sich trägt, und zwar gleich neben eurem Haus. Wenn die Polizei vorbeikommt, fürchte ich, dass die Sache sonst Konsequenzen für euch und für sie haben wird. Es ist besser, wenn sie ihnen gar nicht erst unter die Augen tritt.» Der Diener nahm sie und führte sie ins Haus, und wir gingen davon. ✆ Der Erste, der am nächsten Morgen vor der Tür des Amtshauses der Polizeiwache stand und bei diesem hohen Emir vorsprach, war Amin al-Hukm. Er hatte sämtliche Amtszeugen bei sich, schrie Zeter und Mordio und rief: «Ihr habt eine Frau bei mir abgegeben, die hat meine Truhen aufgemacht und die Güter der Waisenkinder daraus entwendet, nämlich sechs Geldbeutel mit insgesamt sechstausend Dinar in Gold! Ich gehe jetzt hinauf», drohte er, «und werde dem Siegreichen König anzeigen, dass du mit einer Diebesbande gemeinsame Sache machst. Ihr steckt die Einbrecher in Frauenkleider und schmuggelt sie so in die Häuser der Leute ein!»

Da überraschte das Morgengrauen Schahrasad, und sie hörte auf zu erzählen. «Ach, Schwester», sagte ihre Schwester Dunyasad zu ihr, «wie köstlich ist deine Geschichte und wie schön und gut und süß und angenehm!» – «Was wisst ihr schon davon», entgegnete sie ihr, «verglichen mit dem, was ich euch morgen Nacht erzählen werde, wenn ich dann noch lebe und mich der König verschont? Das wird noch spannender sein als das und noch viel köstlicher und berauschender ...»

 ## Die neunhundertundneunundsiebzigste Nacht

Und als die nächste Nacht gekommen war, sagte Dunyasad zu ihrer Schwester Schahrasad: «Ach, Schwester, ich beschwöre dich bei Gott! Wenn du nicht schläfst, so erzähle uns deine Geschichte zu Ende!» – «Einverstanden, mit Vergnügen!», antwortete sie.

Es ist mir zu Ohren gekommen, o glücklicher König, dass der Kadi dem Wali vorhielt: «Ihr macht mit Einbrechern gemeinsame Sache, steckt sie in Frauenkleider und schmuggelt sie so in die Häuser der Leute ein!» ∞ Der Wachtmeister geriet sichtlich in Unruhe, als er den Kadi das sagen hörte. Er lud die Offiziere und Wachsoldaten vor und vernahm sie. Alle schoben die Angelegenheit auf mich und beschuldigten mich, indem sie angaben, sie hätten von der Frau nichts gewusst und keiner außer dem Hauptmann Muin sei bei ihr gewesen. Der Kadi wandte sich an mich. «Du bist Hauptmann und kennst dich nicht aus?», schimpfte er. «Wenn dir das Leben seine Lehre nicht im Guten erteilt hat, so wirst du sie eben auf diese Weise lernen!» ∞ Während er sprach, hielt ich den Kopf gesenkt und blickte zu Boden, zum einen aus Furcht und zum zweiten, weil ich darüber nachgrübelte, wie ich mich von einer Frau hatte täuschen lassen und sie mich in diese Affäre hineingezogen hatte. «Was ist mit dir? Warum antwortest du nicht?», herrschte der Wachtmeister mich an. ca «Mein Gebieter», sagte ich, «die Menschen haben gewisse Gewohnheiten. Wenn jemandem ein Fall wie dieser zustößt, so pflegt man der Polizei drei Tage Zeit zu lassen. Erst wenn bis dahin der Täter nicht gefasst ist, hält man sich für das Verlorene an einem anderen schadlos. Ich werde mein Möglichstes unternehmen!» ca Die Anwesenden fanden meine Rede richtig, und der Wachtmeister fragte den Kadi Amin al-Hukm nach seiner Meinung. Der erklärte sich einverstanden. Daraufhin gingen sie auseinander, ich aber machte mich auf und lief ziellos herum. Vor meinen Augen verfinsterte sich die Welt, weil ich so bekümmert war, dass ich einer Frau auf den Leim gegangen und nun in ihrer Gewalt war. ca Ich streifte einen Tag lang umher und einen zweiten Tag, wobei ich mich selbst schalt und bei mir dachte: «Da suche ich nun nach einer Frau, die ich gar nicht kenne.» Auch den dritten Tag machte ich die Runde, bis nach dem Nachmittagsgebet. Da wurde mir klar, dass mir nicht länger Zeit zum Leben blieb, als bis es wieder Morgen würde. Dann würde der Kadi mit seiner Fatwa mein Blut fordern, und der Herrscher würde mich töten. ca Als nun die Stunde kam, in der die Morgenröte sich in den Himmel einrieb, und ich gerade durch eine der Gassen ging, hörte ich plötzlich eine Frau unter einem Fensterbogen in die Hände klatschen. Ich hob den Kopf in ihre Richtung, da gab sie mir mit ihrer Hand ein Zeichen, dass ich zu ihr hinaufkommen sollte. ca Ich stieg hinauf, und sie führte mich ins Haus. «Erkennst du mich nicht wieder?», sprach sie mich an. «Nein, bei Gott», entgegnete ich verwundert. «Ich bin die Frau, die du beim Kadi abgegeben hast», sagte sie. «Meine Schwester», stöhnte ich, «wie konntest du das tun und mich dem Tod ausliefern?» Da sagte sie: «Du bist doch der Hauptmann der Männer hier, und dein Mut ist berühmt, und da hast du Angst vor dieser Lage?»

Da überraschte das Morgengrauen Schahrasad, und sie hörte auf zu erzählen. «Ach, Schwester», sagte ihre Schwester Dunyasad zu ihr, «wie köstlich ist deine Geschichte und wie schön und gut und süß und angenehm!» – «Was wisst ihr schon davon», entgegnete sie ihr, «verglichen mit dem, was ich euch morgen Nacht erzählen werde, wenn ich dann noch lebe und mich der König verschont? Das wird noch spannender und noch viel aufregender sein …»

Die neunhundertundachtzigste Nacht

Und als die nächste Nacht gekommen war, sagte Dunyasad zu ihrer Schwester Schahrasad: «Ach, Schwester, ich beschwöre dich bei Gott! Wenn du nicht schläfst, so erzähle uns deine Geschichte zu Ende!» – «Einverstanden, mit Vergnügen!», antwortete sie.

Es ist mir zu Ohren gekommen, o glücklicher König, dass die Frau sagte: «Und da hast du Angst vor dieser Lage?» – «Wie sollte ich keine Angst haben», erwiderte ich, «da doch der Geschädigte mit einer Fatwa droht, dass mein Blut unschuldig vergossen werden soll, und sie mich jederzeit töten können?» – «Es ist nichts passiert», beruhigte sie mich. «Alles ist gut, und am Ende wirst du der Gewinner sein.» ❦ Sie trat zu einer der Truhen hin, die in dem Haus standen, und holte sechs Geldbeutel daraus hervor. «Das ist das, was ich aus seinem Haus mitgenommen habe», sagte sie dazu. «Nimm alles, wenn du willst, oder noch mehr, denn ich habe hier so viel Geld, dass das Feuer es verzehren könnte. Und außerdem, lieber Hauptmann», fügte sie hinzu, «war mein Ziel bei alledem kein anderes, als deine Frau zu werden. Hätte ich es auf das Geld abgesehen gehabt, so hätte ich dir wohl nicht gezeigt, wo ich mich aufhalte.» ❦ Mit diesen Worten stand sie auf, öffnete die Truhen und holte so viel Schmuck, Gewänder und Juwelen heraus, dass ich völlig verblüfft war. «Das alles interessiert mich nicht», wehrte ich ab. «Ich habe nur einen einzigen Wunsch, nämlich freizukommen aus der Lage, in der ich mich befinde.» ❦ Da sagte sie: «Ich habe das Haus des Kadis nicht eher verlassen, als bis ich dich bereits aus dieser Lage befreit hatte.» – «Wie denn das?», fragte ich, und sie sagte zu mir: «Wenn der Kadi morgen früh zu dir kommt und wieder Zeter und Mordio schreit, so gedulde dich und lasse ihn ausreden, bis er alles gesagt hat. Sobald er still ist, schweige auch du und gib ihm keine Antwort. Und wenn der Wachtmeister zu dir sagt: ‹Hier, der Geschädigte steht vor dir!›, so sage zu ihm: ‹Die beiden Aussagen passen nicht zusammen, und einem Verlierer steht kein Mensch zur Seite.› Fragt dich der Wachtmeister dann: ‹Wie meinst du das?›, so sage: ‹Würden die Aussagen übereinstimmen, so hätte ich ein Mädchen vom Hof des Siegreichen Sultans bei dir abgesetzt, das Kleider im Wert von zehntausend Dinar am Leib trug und plötzlich spurlos verschwunden ist. Am nächsten Morgen kommst du an und verlangst von uns sechstausend Dinar. Das wäre vielleicht angebracht, wenn das Mädchen bei mir gewesen wäre. Nein, ich vermute vielmehr, dass jemand sie bei dir überfallen hat und dass derselbe, der sie überfallen hat, auch deine Truhen ausgeraubt hat. Du solltest dein Haus durchsuchen, dann würdest du vielleicht etwas finden und es würde sich herausstellen, dass ich im Recht bin.› Wenn er sich dann immer stärker in die Enge getrieben fühlt und hinausgeht, um sein Haus zu durchsuchen, und dir befiehlt, es ebenfalls zu durchsuchen, so sage: ‹Das werde ich nicht in deiner Anwesenheit tun, denn ich bin ja dein Schuldner und stehe unter Tatverdacht, darum würdest du gewiss Hader und Streit anfangen.› Schwört er dann, er werde seine Frau verstoßen, wenn du nicht persönlich hingingest und es durchsuchtest, so wende dich an den Wachtmeister und sage zu ihm: ‹Kein anderer wird hingehen als ich und du!› Wenn du zu dem Haus gekommen bist, durchsuche als Erstes die Dachzimmer und Dachflächen, danach alle anderen Orte. Nachdem du nichts gefunden haben wirst, gib dich geschlagen und zeige dich demütig. Sobald die Sache ernst wird und dir nichts mehr übrig bleibt, als unverrichteter Dinge wieder abzuziehen, stelle dich an die Tür und schaue den großen Tonkrug an, in dem das Wasser aufbewahrt wird. Er steht an einem dunklen Ort. Geh zu dem Krug hin, rücke ihn ein kleines Stückchen weg von seinem Platz, und du wirst den Zipfel eines Mantels finden. Rufe den Wachtmeister herbei und grabe nach, dann siehst du einen blutgetränkten Mantel vor dir, dazu meine Pantoffeln und den Rest meiner Kleider, ebenfalls voller Blut. Von da an kannst du alleine weitermachen, denn die Tatsachen werden gegen ihn sprechen.» ✧ Es gefiel mir, was sie gesagt hatte, und ich stand gleich auf, um zu gehen.

«Nimm dein Geld mit», erinnerte sie mich. «Nein», entgegnete ich. «Hast du denn nicht gesagt, dass du mich heiraten willst?» – «Ja», bestätigte sie. «Dann behalte das Geld bei dir, bis ich zurückkomme», sagte ich. «Gut», erwiderte sie, «aber nimm wenigstens diese hundert Dinar mit, für den Fall, dass du etwas brauchst.» Ich nahm das Geld, ging hinunter und begab mich nach Hause. ৩ Am Morgen kam der Kadi mit seinem Gefolge und fragte gleich: «Wo ist mein Schuldner oder mein Geld?» Ich gab ihm keine Antwort. Er wurde wütend, aber ich schwieg weiter. Da schrie er immer lauter und verlangte, man solle mich auspeitschen lassen. «Dieser Hund verachtet mich und gibt mir keine Antwort», beklagte er sich beim Wachtmeister, «dabei bin ich ihm sogar noch entgegengekommen, als er mich darum bat! Andernfalls wüsste der Sultan längst über den Fall Bescheid.» ৩ «Warum gibst du dem obersten Kadi keine Antwort? Wehe dir!», herrschte der Wachtmeister mich an. «Rede!» – «Gott schütze dich, o Emir!», sagte ich. «Bei Gott, ich habe keinen Beistand außer Gott allein. Der falsche Verdacht hätte mich fast zu Tode gebracht. Die beiden Aussagen passen nicht zusammen, und niemand darf zulassen, dass Amin al-Hukm sich bei mir sein Recht verschafft, ehe nicht die Wahrheit an den Tag gekommen ist.» Sein Zorn wuchs, und er zeterte: «Wehe dir, du Unhold! Was willst du denn? Welche Wahrheit soll an den Tag kommen?» ৩ «Hochverehrter Herr Kadi», gab ich zurück, «es ist eine Frau bei dir abgesetzt worden, und zwar aus Pflichtgefühl von meiner Seite und aus Freundschaft von Seiten des Anführers der Wachpatrouille. Wir haben die Frau vor deiner Haustür aufgefunden, sie trug Schmuck und Geschmeide im Wert von zehntausend Dinar am Leib. Die Frau verschwindet wie der gestrige Tag, dann kommst du an und forderst sechstausend Dinar von uns zurück? Das Ganze ist nichts anderes als ein furchtbares Verbrechen! Wahrscheinlich hat derselbe Täter sie und dich überfallen. Du solltest dein Haus durchsuchen, dann findest du sie vielleicht und die Wahrheit kommt an den Tag.» ca Nun wuchs des Kadis Zorn noch mehr, er wurde ganz benommen und schwor bei allen vier islamischen Rechtsschulen, er werde seine Frau verstoßen und vom Glauben abfallen, wenn er nicht sein Haus durchsuchen ließe, «und der Erste, der sein Haus durchsuchen wird», schloss er, «bist du!» – «Ich?», versetzte ich. «Bei Gott und bei meiner Ehe! Muss das sein? Nein, der Erste, der geht, ist der Wachtmeister, denn», fügte ich an den Wachtmeister gewandt hinzu, «wenn du dabei bist, wird der Kadi nichts Ungebührliches verlangen.» – «Jawohl», setzte der Kadi hinzu, «ich schwöre, dass der Wachtmeister auch mitkommen muss!» Und so gingen wir denn alle miteinander zum Haus des Kadis. ca Wir stiegen hinauf, durchsuchten zuerst das Dach und dann von dort hinab nach unten das gesamte Haus, ohne irgendetwas zu finden. ca Da wurde der Wachtmeister wütend, und der Kadi geriet sichtlich in Unruhe. «Wehe dir!», beschimpfte mich der Wachtmeister. «Du hast uns blamiert! Wir wollen endlich wieder gehen!» ca Ich aber starrte in die dunkle Ecke hinein. «Was ist das für ein finsterer Ort?», fragte ich. «Das ist die Kammer, in der die Wasserkrüge stehen», antworteten sie. «Rückt den Krug da weg!», bestimmte ich. ca Sie taten es, und ich sah einen weißen Zipfel aus dem Fußboden ragen. «Seht her!», rief ich aus. «Was ist das?» – «Ein Stofffetzen, der aus dem Boden ragt», stellten sie fest, nachdem sie es sich angesehen hatten. «Grabt nach!», befahl ich, und sie gruben nach und stießen auf einen Mantel und eine Unterhose, beide voller Blut. Da schrie ich auf und stürzte ohnmächtig zu Boden. ⁊ Als der Wachtmeister das sah, rief er: «Er ist unschuldig!»

Da überraschte das Morgengrauen Schahrasad, und sie hörte auf zu erzählen. «Ach, Schwester», sagte ihre Schwester Dunyasad zu ihr, «wie köstlich ist deine Geschichte und wie schön und gut und süß und angenehm!» – «Was wisst ihr schon davon», entgegnete sie ihr, «verglichen mit dem, was ich euch morgen Nacht erzählen werde? Das wird noch spannender, noch aufregender und noch berauschender sein …»

Die neunhundertundeinundachtzigste Nacht

Und als die nächste Nacht gekommen war, sagte Dunyasad zu ihrer Schwester Schahrasad: «Ach, Schwester, ich beschwöre dich bei Gott! Wenn du nicht schläfst, so erzähle uns deine Geschichte zu Ende!» – «Einverstanden, mit Vergnügen!», antwortete sie.

Es ist mir zu Ohren gekommen, o glücklicher König, dass der Wachtmeister rief: «Er ist unschuldig!» Daraufhin tätschelten sie mich und besprengten mich so lange mit Wasser, bis ich wieder auf die Beine kam. ⁊ Der Kadi aber stand ratlos da und ließ den Kopf hängen. «Wir sind beide getäuscht worden, du und ich», sagte ich zu ihm, «und ganz bestimmt wird man nicht nachlassen, nach der Frau zu suchen.» ❧ Da begann der Kadi am ganzen Leib zu schlottern und machte sich in die Hosen, denn er erkannte nun, dass der Verdacht auf ihn gefallen war. In seinem Haus hatte sich das Mädchen ja befunden! Sein Gesicht verfärbte sich, er wurde bleich, und ohne ein Wort zu sagen, gab der Kadi all sein Vermögen als Bußgeld hin, um das Feuer des Verdachts wegen der Ermordeten zu löschen. ❧ Ich ließ danach drei Tage verstreichen, dann ging ich ins Hammam, trank Wein, wechselte die Kleider und trat nach draußen, um einen Spaziergang zu machen. Dabei sprach ich zu mir selbst: «Diese Frau wird mich schon nicht betrogen haben. Schließlich hat sie selbst sich mir gezeigt, obwohl kein Mensch wusste, wo sie sich aufhielt. Sie hat ja die Absicht, mich zu heiraten!» ❧ Mit diesen Gedanken begab ich mich zu ihrem Haus. Ich fand es verschlossen und mit Staub überzogen. Als ich mich danach erkundigte, sagte man mir: «Hauptmann, dieses Haus steht seit Jahren leer. Doch vor drei Tagen kam frühmorgens eine Frau mit Eselsladungen voll Stoff. Am selben Abend trug sie sie wieder fort und verschwand dorthin, von wo sie gekommen war.» Bis zum heutigen Tag weiß ich nicht, wo sie geblieben ist.

«Das ist das Spannendste, was ich in meiner Zeit als Hauptmann erlebt habe.» ❧ Die ganze Gesellschaft war entzückt, und der Siegreiche König und der Wali staunten über das, was sie da gehört hatten. Nun trat ein anderer Hauptmann vor.

Auch ich werde erzählen, was mir widerfahren ist – sagte er. Es ist das schönste Erlebnis, das ich mit meinem Dienstherrn hatte. Und das war so:

Ich war damals Hauptmann beim Emir Dschamaladdin Akusch an-Nadschibi, dem Gouverneur der Provinz al-Gharbiyya. Ich stand ihm sehr nahe, er hatte mich ins Herz geschlossen und hielt nichts vor mir geheim. ❧ Eines Tages wurde ihm zugetragen, dass die Tochter des Soundso, eines reichen Mannes, heimlich einen Juden liebte und ihn jeden Tag zu sich einlud und dass er ständig zu ihr kam, um mit ihr zu speisen und zu trinken und dann bei ihr zu schlafen. Dieses Gerücht wurde dem Emir wiederholt hinterbracht, und obwohl er es für abwegig hielt, ließ er dennoch den Wachtposten der Gasse kommen und befragte ihn. ❧ «Mein Herr», gab der zur Antwort, «den jungen Mann, also den Juden, sehe ich tatsächlich manchmal abends in die Gasse einbiegen. Aber ich habe noch nicht herausgefunden, wo genau er hingeht.» – «Behalte ihn im Auge», befahl der Emir, «und wenn du ihn irgendwo hineingehen siehst, komm schnellstens zu mir und erstatte mir Bericht!» – «Jawohl», erwiderte der Wachtposten, ging davon und fing gleich an, den Juden zu beobachten, so lange, bis dieser tatsächlich in einem Eingang verschwand. Sofort kam er zum Gouverneur gelaufen und meldete ihm: «Der Jude ist da, und er ist zu diesem und jenem Haus hinübergegangen.» ❧ Da erhob sich der Gouverneur höchstselbst und brach eiligst auf, wobei er niemanden außer mir zur Begleitung mitnahm. «Das ist ein fettes Stückchen Fleisch», freute er sich, während wir an den bewussten Ort eilten. ❧ Wir stellten uns neben die Haustür und warteten, bis eine Dienstmagd herauskam, um für die beiden etwas einzukaufen. Sie öffnete die Tür, und wir sprangen herzu und schlüpften hinein. Dort fanden wir ein stattliches Haus mit zwei überwölbten Hallen, die sich in voller Höhe und Breite zu einem Hof öffneten, und zwei einander gegenüberliegenden Empfangsgemächern mit Marmor, Putz, Teppichen, Polstern, einer stattlichen Dienerschaft und brennenden Kerzen. Der Jude und die Frau saßen auf dem Ehrenplatz an der Rückwand des Saales, und zwischen ihnen wanderte ein Weinkelch hin und her. ✑ Sobald der Blick des Mädchens auf den Emir fiel und sie ihn erkannte, erhob sie sich, ging auf ihn zu und küsste ihm die Füße. «Ahlan wa-sahlan wa-marhaban!», begrüßte sie ihn. «Herzlich willkommen, Herr aller Herren und Stütze der Gestrauchelten! Bei Gott, durch den Besuch des Emirs hat Gott Seiner untertänigen Dienerin eine Ehre erwiesen, wie Er sie keinem anderen je gewährte!» Mit diesen Worten hieß sie ihn Platz nehmen und bot ihm köstliche Speisen an. ✑ Der Emir aß ein wenig. Sie aber legte all ihren Schmuck ab, den sie am Leibe trug, zog vier Geldbeutel voller Silbermünzen hervor und packte die Sachen und die Beutel in ein seidenes Schürzentuch. Dann trat sie zum Gouverneur hin, küsste ihm die Hand und sagte zu ihm: «Mein Herr! Das ist dein Anteil, den du von mir bekommst.» Anschließend wandte sie sich dem jüdischen Jüngling zu. «Steh du auch auf», wies sie ihn an, «und mache dem Emir, dem Gouverneur, ein ähnliches Geschenk zurecht!», und der junge Mann sprang geschwind wie ein Besessener auf und konnte kaum glauben, dass er entkommen würde. ✑ Sobald das Mädchen sicher war, dass der junge Mann das Haus verlassen hatte, ging sie zu dem Bündel mit ihren Habseligkeiten und Geldbeuteln, hob es auf, nahm es wieder an sich und schickte sich an, zusammen mit ihren Dienern und Mägden, die sich um sie versammelt hatten, zur Tür hinauszugehen.

Da überraschte das Morgengrauen Schahrasad, und sie hörte auf zu erzählen.

 ### *Die neunhundertundzweiundachtzigste Nacht*

«Ach, Schwester», sagte ihre Schwester Dunyasad zu ihr, «ich beschwöre dich bei Gott! Wenn du nicht schläfst, so erzähle uns deine Geschichte zu Ende!» – «Einverstanden, mit Vergnügen!», antwortete sie.

Es ist mir zu Ohren gekommen, o glücklicher König, dass sie sagte: «Eine gute Tat wird stets mit Güte vergolten. Du warst so freundlich und hast uns geschützt und hast doch keine Macht, das Nötige zu tun für einen, welchen Gott beschützen will. Also verschwinde jetzt im Guten, sonst erhebe ich ein Geschrei, das jeden in der Gasse auf die Straße lockt, und sage: ‹Der Gouverneur hat mich überfallen und verlangt etwas Ungebührliches und Unannehmbares von mir!›» Nachdem sie das gesagt hatte, blieb der Emir keinen Augenblick länger bei ihr sitzen, sondern lief eilends und ohne einen einzigen Dirham hinaus. Der Jude aber war durch ihre kluge List und den Scharfsinn ihrer weiblichen Verschlagenheit gerettet.

Alle Anwesenden waren entzückt. Der Wali und der Siegreiche König aber sagten zueinander: «Ein solches Gaunerstück hat noch niemand vollführt!», und wunderten sich über die Maßen. ∞ Nun ergriff ein anderer Hauptmann, nämlich der dritte, das Wort. «Hört, was ich erlebt habe! Das ist noch spannender, aufregender und schlimmer», verkündete er.

Liebe auf den ersten Blick

Ich war eines Tages mit meinen Kameraden zu Fuß unterwegs zu einem Einsatz, als plötzlich ein Schwarm Frauen, schön wie Vollmonde, vor uns auftauchte. Eine von ihnen, es war die größte, strahlendste und hübscheste von allen, verschlang förmlich die Erde mit ihrer Schönheit. Als ich sie sah, blieb ich wie angewurzelt stehen, während meine Kameraden vor mir weiterliefen. Die Frau war ebenfalls stehen geblieben und hinter ihren Gefährtinnen zurückgeblieben. Sie kam auf mich zu, bis sie vor mir stand und ich sie ansprach. ∞ «Mein Herr», sagte sie darauf, «Gott möge dir Erfolg verleihen. Ich habe dich gesehen und bemerkt, dass du mich lange angeblickt hast. Da kam es mir so vor, als würden wir uns von irgendwoher kennen und du hättest mich eben wiedererkannt. Wenn das so ist, dann erzähle mir mehr über dich.» ∞ «Nein, bei Gott, ich kenne dich nicht», entgegnete ich, «aber Gott hat die Liebe zu dir in mein Herz geworfen, und ich bin hingerissen von deinen schönen Eigenschaften, besonders von diesen Augen, die dir Gott gegeben hat, welche Pfeile zärtlicher Eintracht abschießen, denen ganz natürlicherweise die Liebe auf dem Fuße folgt.» – «Bei Gott, mir geht es genauso wie dir», erwiderte sie lächelnd, «und vielleicht noch mehr als das. Ich habe das Gefühl, als würde ich dich von Geburt an kennen.» ଓ «Der Mensch kann nicht alles verstehen, was er auf den Märkten kauft», sagte ich, «genauso wenig wie er imstande ist, die brennende Glut der Sehnsucht zu beschreiben.» – «Hast du einen Raum?», fragte sie mich. «Bei Gott», gab ich zurück, «ich wohne nicht in dieser Stadt.» – «Auch ich habe keinen Raum hier», sagte sie, «aber ich werde dir etwas organisieren.» ଓ Mit diesen Worten ging sie vor mir her, und ich folgte ihr, bis sie zu einer Ladenzeile kam, über deren Läden und Lagerräumen einzelne Zimmer und kleine Wohnungen lagen, die durch einen gemeinsamen Eingang und ein Treppenhaus miteinander verbunden waren. ଓ «Hast du ein Zimmer frei?», fragte sie die Quartierswirtin. «Ja», antwortete diese, und ich sagte: «Gib den Schlüssel heraus!» Wir nahmen den Schlüssel in Empfang und stiegen hinauf, um uns das Zimmer anzusehen. ଓ Gleich nachdem wir es betreten hatten, ging sie mit einem Dirham wieder hinaus zu der Wirtin und sagte zu ihr: «Das ist die Bezahlung für den Schlüssel. Das Zimmer gefällt uns. Und hier ist ein zweiter Dirham für deine Bemühungen. Kaufe uns eine Matratze und eine Wasserkaraffe, damit wir uns entspannen können, bis die Mittagsruhe vorbei und diese Hitze etwas abgeklungen ist. Danach kann der Mann ausgehen, um die restlichen Sachen zu besorgen.» ଓ Die Wirtin des Quartiers freute sich, besorgte uns eine Strohmatratze, servierte uns auf einem Tablett eine Wasserkaraffe und brachte noch dazu einen Fächer und eine Ledermatte. Wir blieben dort zusammen, bis der späte Nachmittag angebrochen war. ଓ Da sagte sie zu mir: «Ich muss mich waschen, bevor ich gehe.» –

«Hier, kaufe dir etwas, womit du dich waschen kannst!», sagte ich zu ihr, holte zwanzig Dirham aus der Tasche meines Gewandes und wollte sie ihr geben. Doch sie wehrte ab. «Um Gottes willen!», sagte sie, wobei sie ihrerseits eine Handvoll Silbermünzen aus der Tasche ihres Kleides holte. «Ich schwöre bei Gott, wäre es nicht mein Schicksal und hätte Gott mir nicht dies alles zugefügt, so wäre niemals geschehen, was geschehen ist!» – «Dann nimm es als Ausgleich für das, was du der Quartierswirtin bezahlt hast!», sagte ich. ❧ «Mein Herr», widersprach sie erneut, «wenn unsere Beziehung erst einmal ein Weilchen dauert, wirst du selbst sehen, ob jemand wie ich es auf Geld oder Geschenke abgesehen hat.» Mit diesen Worten stand sie auf, ging zum Waschbecken und wusch sich mit Hilfe eines Tonkrugs.

Da überraschte das Morgengrauen Schahrasad, und sie hörte auf zu erzählen. «Ach, Schwester», sagte ihre Schwester Dunyasad zu ihr, «wie köstlich ist deine Geschichte und wie schön und gut und süß und angenehm!» – «Was wisst ihr schon davon», entgegnete sie ihr, «verglichen mit dem, was ich euch morgen Nacht erzählen werde, wenn ich dann noch lebe und mich der König verschont? Das wird noch spannender sein als diese Geschichte und noch viel köstlicher, berauschender und aufregender. Doch Gott allein weiß, ob das zutrifft, und Gott segne unseren Herrn Muhammad!»

Und als die nächste Nacht gekommen war, sagte Dunyasad
zu ihrer Schwester Schahrasad: «Ach, Schwester, ich beschwöre dich bei Gott! Wenn du nicht schläfst, so erzähle
uns deine Geschichte zu Ende!» – «Einverstanden, mit Vergnügen!», antwortete sie.

Es ist mir zu Ohren gekommen, o glücklicher König, dass
der Hauptmann erzählte:

Als die Dame sich gewaschen hatte, warf sie sich zweimal
im Gebet vor Gott nieder und bat Gott, den Erhabenen, um
Vergebung für das, was sie getan hatte. Ich hatte sie zuvor
nach ihrem Namen gefragt, und sie hatte mir geantwortet,
sie heiße Rayhana, und mir auch beschrieben, wo sie
wohnte. ❧ Während ich ihr nun also zusah, wie sie sich
wusch und betete, schämte ich mich dafür, dass eine Frau so
etwas tat und ich als Mann nicht dasselbe getan hatte. «Be-
stelle uns noch einen Krug Wasser», bat ich sie, und sie ging
hinaus zur Quartierswirtin und trug ihr auf: «Nimm diese
halbe Kupfermünze, liebe Schwester, und kaufe uns dafür
Wasser, um den Fußboden zu wischen.» Die Wirtin brachte
zwei Krüge voll Wasser – berichtete er weiter –, und ich
nahm einen davon, ging in den Waschraum und wusch
mich. Meine Kleider gab ich ihr zum Halten. ❧ Als ich mit
der Waschung fertig war, rief ich nach ihr. «Meine Dame!»,
rief ich mehrmals, aber sie antwortete mir nicht. «Meine
Dame! Rayhana!», rief ich erneut, doch niemand antwortete

mir. Ich verließ den Waschraum und ging zurück in das Zimmer, aber dort fand ich sie nicht. Stattdessen stellte ich fest, dass sie alle meine Kleider mitsamt den Silbermünzen, die sich darin befanden, mitgenommen hatte. In meinen Sachen steckten vierhundert Dirham. ❧ Ich ergriff meinen Turban und mein Taschentuch, doch fand ich nichts, womit ich meine Scham bedecken konnte. Da fühlte ich mich so elend, dass der Tod mir erträglicher zu sein schien. Ich schaute mich um und suchte überall nach einem Fetzen Stoff, um meine Blöße zu bedecken. ❧ Schließlich setzte ich mich für ein Weilchen nieder, danach klopfte ich ans Tor, und die Quartiersmeisterin erschien. «Meine Schwester, was hat die Frau gemacht, die hier war?», fragte ich sie. «Sie ist gerade hinuntergegangen», gab sie zur Antwort, «und sie hat mir erklärt, sie ginge für den jungen Mann Kleider und andere notwendige Dinge besorgen. ‹Ich habe ihn schlafen lassen›, hat sie gesagt und mir aufgetragen: ‹Wenn er wach wird, sage zu ihm, er soll nicht weggehen, bevor die Sachen bei ihm eingetroffen sind.›» ❧ «Liebe Schwester», sprach ich vertraulich zu ihr, «das Sprichwort sagt: ‹Des Edelmannes Obhut ist für Geheimnisse gut.› Bei Gott, diese Frau ist nicht meine Ehefrau. Ich habe sie vor dem heutigen Tag noch nie im Leben gesehen. Vielmehr ist mir Folgendes passiert –», und ich schilderte der Quartierswirtin die Begebenheit und bat sie, mir etwas zum Bedecken meiner Blöße zu geben, denn – so teilte ich ihr mit – ich stünde ja mit entblößtem Schamteil da. ❧ Sie brach in Gelächter aus und rief nach den Frauen des Quartiers. «He, Fatima!», rief sie laut. «Chadidscha! He, die und die und Soundso!», und schon liefen sämtliche Frauen und Mädchen des Quartiers bei mir zusammen und begannen sich über mich lustig zu machen. «Los, erzähl, du Dummerjan!», feixten sie. «Was für ein Unglück ist dir denn zugestoßen?» Die eine grinste mir ins Gesicht, eine andere höhnte: «Bei Gott, du hättest doch wissen müssen, dass sie lügt, schon als sie sagte, dass sie dich liebt und scharf auf dich ist! Denn was ist denn an dir dran, worauf man scharf sein könnte?» – «Er ist ein einfältiger, alter Dummkopf», gab eine Dritte zum Besten, und so übertrafen sie einander in Gehässigkeiten gegen mich, und ich litt, wie ich noch nie zuvor in meinem Leben gelitten hatte. ❧ Endlich erbarmte sich eine der Frauen und brachte mir einen abgetragenen Fetzen Stoff, mit dem ich gerade eben das Loch in meinem Allerwertesten bedecken konnte, mehr nicht. ❧ So saß ich eine Weile herum, dann dachte ich bei mir: «Gleich kommen ihre Ehemänner hier zusammen, die sind noch schlimmer als die Frauen. Ich werde in ewige Schande geraten vor ihnen!» Und ich rannte aus der Tür der Ladenzeile hinaus auf die Straße. Doch Gott hatte alle Kinder der Erde versammelt und schickte sie mir hinterher. «Ein Verrückter! Ein Verrückter!», schrien sie, indem sie mir nachliefen. ❧ Endlich erreichte ich mein Haus und klopfte an die Tür. Meine Frau kam heraus, und als sie mich so vor sich sah, groß und nackt wie ich war und mit entblößtem Haupt, schrie sie auf und lief ins Haus zu ihrer Mutter. «Ein Teufel ist an der Tür, ein Verrückter!», krakeelte sie. ❧ Ich aber trat ins Haus, da erkannte mich meine Schwiegermutter und auch meine Frau. «Was ist denn mit dir los?», fragten sie, und ich erzählte den beiden, dass ich von Räubern überfallen worden sei, die mich nackt ausgezogen und fast getötet hätten.

Da überraschte das Morgengrauen Schahrasad, und sie hörte auf zu erzählen. «Ach, Schwester», sagte ihre Schwester Dunyasad zu ihr, «wie köstlich ist deine Geschichte und wie schön und gut und süß und angenehm!» – «Was wisst ihr schon davon», entgegnete sie ihr, «verglichen mit dem, was ich euch morgen Nacht erzählen werde, wenn ich dann noch lebe und mich der König vom Tode verschont? Das wird noch spannender, aufregender und berauschender sein …»

Die neunhundertundvierundachtzigste Nacht

Und als die nächste Nacht gekommen war, sagte Dunyasad zu ihrer Schwester Schahrasad: «Ach, Schwester, ich beschwöre dich bei Gott! Wenn du nicht schläfst, so erzähle uns deine Geschichte zu Ende!» – «Einverstanden, mit Vergnügen!», antwortete sie.

Es ist mir zu Ohren gekommen, o glücklicher König, dass der Hauptmann fortfuhr:

Als ich ihnen von den Räubern berichtete und dass sie mich töten wollten, lobten und dankten sie Gott dafür, dass ich mit heiler Haut davongekommen war, und beglückwünschten mich. Meine Sachen aber waren dahin, verloren für immer, so wie der gestrige Tag. ❧ Nun seht euch diese Betrügerei an, die gegen mich verübt wurde, und das, wo man gerade mir Tapferkeit und Schläue nachsagt!

[Nach einigen Nächten und Geschichten erzählt Scharasad weiter]

Der Hauptmann erzählte weiter, sein Freund, der Kaufmann, habe ihm Folgendes berichtet:

Des Königs eigene Geschichte

Ich reiste durch Länder, Provinzen und Heereslager, stieg hinauf in die großen Städte, beschritt Straßen ebenso wie unwegsame Gelände und kam am Ende der zivilisierten Welt in eine Stadt, in der ein König herrschte, der wahrhaftig den Perserkönigen, Himyaritenherrschern und Kaisern ebenbürtig war. Die Stadt war voller guter Dinge, emsig belebt und regiert von Emiren, die Gerechtigkeit übten.

Da überraschte das Morgengrauen Schahrasad, und sie hörte auf zu erzählen. «Ach, Schwester», sagte ihre Schwester Dunyasad zu ihr, «wie köstlich ist deine Geschichte und wie schön und gut und süß und angenehm!» – «Was wisst ihr schon davon», entgegnete sie ihr, «verglichen mit dem, was ich euch morgen Nacht erzählen werde, wenn ich dann noch lebe und mich der König verschont? Das wird noch spannender und noch aufregender sein als das, was ich heute erzählt habe, und noch viel köstlicher und beglückender, doch Gott weiß es am besten.»

Und als die nächste Nacht gekommen war, sagte Dunyasad zu ihrer Schwester Schahrasad: «Ach, Schwester, ich beschwöre dich bei Gott! Wenn du nicht schläfst, so erzähle uns deine Geschichte zu Ende!» – «Einverstanden, mit Vergnügen!», antwortete sie.

Es ist mir zu Ohren gekommen, o glücklicher König, dass der Hauptmann weiter erzählte, was ihm sein Freund berichtet hatte:

Ich betrat also diese Stadt. Es war die Hauptstadt von China. In ihr herrschte ein mächtiger König, der jedermann den Atem raubte und das Leben zermalmte, an dessen Feuer man sich besser nicht zum Wärmen setzte und der seine Untertanen und das ganze Land mit grausamer Gewalt bedrückte. ෴ Der König hatte einen Bruder, welcher König der Stadt Samarkand in Persien war. Die beiden Brüder hatten zwei Schwestern geheiratet und lebten eine Zeit lang in ihren Königreichen, dann ergriff sie Sehnsucht nacheinander. Der König von China schickte seinen Wesir aus, um seinen Bruder einzuladen. ෴ Als dieser sich zur Reise gerüstet hatte und schon aufbrechen wollte, trat er in jener Nacht noch einmal zu seiner Frau ins Schlafgemach, um ihr Lebewohl zu sagen, und fand neben ihr einen Mann, der bei ihr schlief. Er tötete sie beide, dann machte er sich auf den Weg zu seinem Bruder. ෴ Sein Bruder freute sich sehr über seine Ankunft und ließ ihn in einem Palast, der seinem eigenen unmittelbar benachbart war, Wohnung nehmen. Von dem Palast aus konnte er den Garten seines Bruders überblicken. ❧ Er verbrachte einige Tage bei ihm. Dann erinnerte er sich daran, was ihm zugestoßen war, wie er nämlich seine Frau getötet hatte und wie es sein konnte, dass sie ihn betrogen hatte, obwohl er doch König war, doch vor den Fährnissen des Schicksals war er nicht gefeit. Er kam ins Grübeln, wurde krank und konnte kein Essen und kein Trinken mehr genießen. «Komm, Bruder, lass uns jagen gehen», schlug sein Bruder ihm vor, doch er mochte ihn nicht begleiten, und so zog sein Bruder allein auf die Jagd und ließ ihn zuhause zurück. ❧ Während er so aus den Fenstern des Palastes schaute, sah er plötzlich die Gemahlin seines Bruders in den Garten hinunterkommen. Sie hatte zehn männliche Sklaven und zehn Sklavenmädchen bei sich, dazu einen einzelnen Sklaven. Der nahm sie in den Arm und liebte sie, desgleichen umarmten die männlichen Sklaven die Mädchen. Danach kehrten alle dorthin zurück, woher sie gekommen waren. ❧ Da staunte des Königs Bruder und lernte seine Lehre. Eine tiefe Ruhe breitete sich in ihm aus, und er genas allmählich von seiner Krankheit. Als sein Bruder von der Jagd und Hatz zurückkam, blickte er seinem Bruder ins Gesicht und fand, dass er zu seiner früheren Schönheit zurückgekehrt, ja sogar noch hübscher geworden war als zuvor. ❧ «Lass mich wissen», sprach sein Bruder ihn an, «aus welchem Grund du dich zu Anfang so verändert und wodurch du zu deiner früheren Schönheit zurückgefunden hast.» Da berichtete er ihm die ganze Sache. Sein Bruder war entsetzt darüber, und beide hielten ihre Lage so lange geheim, bis der ältere König mit eigenen Augen sah, was schon sein Bruder zuvor beobachtet hatte. ⊗ Nachdem sie sich beide davon überzeugt hatten, machten sie sich gemeinsam auf den Weg und wanderten Tage und Nächte hindurch, um das Unglück, das ihnen widerfahren war, zu bewältigen, denn sie meinten, dass kein anderer als sie so bitter geprüft worden sei, und also hielten sie nun Ausschau nach einem noch gewaltigeren Unglück als dem ihrigen. ⊗ Plötzlich bemerkten sie eine Frau, die ein Ifrit in einer gläsernen Truhe mit fünf Schlössern daran in der Tiefe des salzigen Meeres gefangen hielt und die trotz alledem, sobald sie Lust auf etwas hatte, es auch tat, so dass dem Ifrit weder seine Wachsamkeit noch seine Schlösser etwas nützten. ⊗ Die beiden Könige betrachteten das Unglück dieser beiden, wurden stumm und redeten nicht weiter über ihr eigenes Unglück, sondern kehrten in ihre Königreiche zurück. Der jüngere König begab sich nach Samarkand, der ältere in sein Reich. Dort führte er einen Brauch ein, dass er die Mädchen töten ließ. Der Wesir führte ihm jede Nacht ein Mädchen zu, welches mit ihm die Nacht verbrachte und das er am nächsten Morgen dem Wesir übergab, auf dass der es tötete. ⊗ So trieb er es eine Zeit lang, bis die Menschen sich empörten, die Mädchen alle schon vernichtet waren und seine Untertanen vor der schlimmen Falle, in die sie geraten waren, in Angst und Schrecken lebten und sich vor Gottes Zorn fürchteten, dass Gott sie nämlich zur Strafe für die Sünde ihres Königs zugrunde richten würde.

Da überraschte das Morgengrauen Schahrasad, und sie hörte auf zu erzählen. «Ach, Schwester», sagte ihre Schwester Dunyasad zu ihr, «wie köstlich ist deine Geschichte und wie schön und gut und süß und angenehm!» – «Was wisst ihr schon davon», entgegnete sie ihr, «verglichen mit dem, was ich euch morgen Nacht erzählen werde? Das wird noch spannender, aufregender und vergnüglicher sein …»

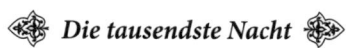 Die tausendste Nacht

Und als die nächste Nacht gekommen war, sagte Dunyasad zu ihrer Schwester Schahrasad: «Ach, Schwester, ich beschwöre dich bei Gott! Wenn du nicht schläfst, so erzähle uns deine Geschichte zu Ende!» – «Einverstanden, mit Vergnügen!», antwortete sie.

Es ist mir zu Ohren gekommen, o glücklicher König, dass der Hauptmann dem Siegreichen König und dem Wesir erzählte, dass ihm sein Freund erzählt hatte, wie der König von China seinem abscheulichen Brauch folgend wütete, indem er alle Mädchen, auch die, die sorgsam abgeschirmt in ihren Frauengemächern lebten, umbrachte und dass die Frauen alle miteinander weinten und Hilferufe schickten zu Gott, dem Erhabenen, wider den König und seine Grausamkeit und Härte. ◌ Nun hatte der Wesir zwei Töchter von derselben Mutter. Die ältere hatte Bücher gelesen und Wissen erworben. Sie kannte die Schriften von Weisen und Medizinern und die Überlieferungen zur Geschichte vergangener Zeiten, besaß reichliche Intelligenz, einen blühenden Geist und scharfen Verstand. ◌ Als dieses Mädchen hörte, was die Menschen von ihrem König zu erdulden hatten und wie grausam sie mit ihren Kindern verfuhren, ergriff sie Mitleid und Erbarmen und Eifer für das Leben, welches Gott geschaffen hatte. Und Gott – gepriesen sei Er, der Erhabene! – erhörte die Gebete des Volkes, so dass die Tochter des Wesirs mit ihrer Schwester Rat hielt. ෧ «Liebe Schwester», sagte sie zu ihr, «ich habe einen Plan, um die Kinder der Leute zu retten. Nachdem ich zum König gegangen bin, werde ich ihn bitten, dich holen zu lassen. Wenn du dazukommst und der König seine Lust an mir befriedigt hat, so sage zu mir: ‹Ach, Schwester, ich beschwöre dich bei Gott, erzähle uns, bevor es Morgen wird, noch eine deiner lustigen Geschichten, damit uns unser Abschied leichter fällt und du auch dem König etwas zu hören gibst.›» – «Einverstanden!», sagte ihre Schwester. ෧ Danach beriet sie sich weiter mit ihrer Schwester und fragte sie, was sie noch tun könnte, um den König von dem Brauch, den er eingeführt hatte, abzubringen, und sie entgegnete: «Das ist der richtige Plan.» Und der Glücksstern brachte ihr Glück, und der Erfolg, den Gott verleiht, verhalf ihr zum Gelingen. ෧ Zuvor aber teilte sie ihren Plan dem Wesir mit. Der brauste auf und versuchte sie einzuschüchtern, da er befürchtete, der König würde sie töten. Sie redete ein zweites und ein drittes Mal mit ihm, doch er gab ihr sein Einverständnis nicht, sondern zitierte ein Sprichwort, um sie umzustimmen. Sie aber antwortete mit einem anderen Sprichwort, welches genau das Gegenteil bedeutete. Lange wurden Belehrungen und Sprichwörter zwischen ihnen ausgetauscht, bis ihr Vater endlich einsah, dass er sie nicht zurückhalten konnte. «Es führt kein Weg daran vorbei, dass du mich ihm zur Frau gibst», bekräftigte sie. «Vielleicht kann ich ja mit meinem Leben alle Gläubigen erlösen. Entweder der König lässt von seinem Brauch ab, oder er befiehlt, mich

hinrichten zu lassen.» ৫৯ Nachdem sie ihren Vater über-
redet hatte, ging der Wesir hinauf zum König und setzte
ihm die Sache auseinander. «Ich habe eine Tochter, die sich
dir zum Geschenk anbieten möchte», erklärte er ihm. «Wie
kann ihr Verstand das zulassen?», wunderte sich der König.
«Sie kennt doch meinen Brauch und weiß, dass ich mit keinem Mädchen mehr als eine Nacht verbringe und sie am
nächsten Morgen töte und dass du selbst es bist, der sie hinrichten muss!» – «Das habe ich ihr auch gesagt, Majestät»,
erwiderte der Wesir, «sie aber hat es nicht eingesehen und
besteht darauf, deine Gefährtin zu werden, zu dir zu kommen und bei dir zu sein. Ich habe ihr die Worte der Weisen
vorgehalten, doch sie hat mich mit noch gewichtigeren
Weisheiten zurückgewiesen.» – «Lasse sie heute Nacht kommen», sagte der König, «und du komme morgen früh, hole
sie ab und richte sie hin! Und wenn du es nicht tust», drohte
er, «wenn du sie also nicht töten willst, dann bringe ich dich
um und sie dazu!» ৫৯ Der Wesir fügte sich dem Befehl des
Königs, stieg bedrückt hinab, nahm seine Tochter und führte
sie hinauf zum König. Sie aber brach in Tränen aus. «Warum
weinst du?», erkundigte sich der König. «Du warst es doch
selbst, die sich das ausgesucht hat!» – «Ich weine ja auch nur
aus Sehnsucht nach meiner Schwester», schluchzte sie. «Seitdem wir aufgewachsen sind und bis heute waren wir nicht
eine einzige Nacht und keinen Tag getrennt. Wenn es der
König gestatten würde, dass sie käme, damit ich sie noch
einmal sehen kann und an ihr satt werde, bevor der Morgen
graut und wir uns trennen müssen, so wäre das ein groß-
zügiges Geschenk und ein Trost für meine Seele.» ৫৯ Da
befahl der König, ihre Schwester holen zu lassen. Die Schwes-

ter kam herbei, und nachdem der König sich mit Schahrasad vereinigt hatte – wobei alles geschah, was dabei eben so zu geschehen pflegt –, stieg der König auf sein Bett, um zu schlafen. ೞ «Ach, Schwester», meldete sich da die kleine Schwester, «ich beschwöre dich bei Gott! Wenn du nicht schläfst, so erzähle uns doch eine deiner schönen und entzückenden Geschichten, damit wir uns diese Nacht damit vertreiben können, bevor der Morgen graut und wir uns trennen müssen.» – «Mit Vergnügen, liebe Schwester!», antwortete sie. ೞ Und dann, verehrter Siegreicher König, begann sie ihrer Schwester etwas zu erzählen, und der König hörte zu. Ihre Geschichte war schön und köstlich, und als sie gerade mitten darin war, hob sich das Morgenrot. Das Herz des Königs aber hing daran, die Fortsetzung der Geschichte zu hören, und so verschob er ihre Hinrichtung auf die zweite Nacht. ೞ Als aber die zweite Nacht gekommen war, erzählte sie ihm wieder eine Geschichte von aufregenden und spannenden Abenteuern, von fernen Ländern und fremden Menschen. Es war noch spannender und noch aufregender als in der ersten Nacht, und wieder brach, als sie gerade mitten im Erzählen und die Geschichte an die spannendste Stelle gekommen war, der Morgen an, und sie verstummte. Da ließ der König von ihr ab und verschonte sie bis zur nächsten Nacht, um das Ende der Geschichte zu hören und sie danach zu töten. ೞ Die Stadtbewohner aber freuten sich, feierten und beteten für die beiden Töchter des Wesirs. Sie waren verwundert, dass der König sie schon drei Tage lang nicht hingerichtet hatte, und freuten sich darüber, dass er sich seitdem keine Schuld am Leben eines seiner Untertanen mehr aufs Gewissen lud. ೞ Daraufhin erzählte sie ihm in der vierten Nacht eine noch bessere, köstlichere, berauschendere, spannendere und aufregendere Geschichte, in der fünften Nacht Überlieferungen von Königen, Wesiren und bedeutsamen Persönlichkeiten, und so fuhr sie Tage und Nächte hindurch weiter mit ihm fort, während die Menschen sich mehr und mehr wunderten. ෴ Landauf, landab verbreitete sich die Kunde, dass der König seinen schlimmen Brauch aufgegeben und seiner frevelhaften Neuerung abgeschworen hatte. Die Leute beteten für ihn und waren froh, und es zogen wieder Menschen in die Stadt, um dort zu wohnen und noch herzlichere Segenswünsche und flehentlichere Bitten an Gott zu richten, dass doch der König so, wie er jetzt war, beständig bleiben möge. Das, o Siegreicher König – schloss der Hauptmann seinen Bericht – ist das Ende dessen, was mir mein Freund erzählt hat.

Es wird berichtet: Die Anwesenden waren entzückt, desgleichen der Siegreiche König. Sie trennten sich und alle gingen ihrer Wege. ෴ Das war die Geschichte von ihrer Zusammenkunft, so wie sie mir zu Ohren kam.

فَلَمَّا سَمِعَ المَلِكُ
شَهْرِيَارُ هَذِهِ الحِكَايَةَ
أَنْ تَبَهَّ وَأَفَاقَ مِنْ سَكْرَتِهِ

*Als König Schahriyar diese Geschichte gehört hatte,
merkte er auf und erwachte aus seiner Betäubung.*

Das glückliche Ende

«Wie überaus spannend!», lobte König Schahriyar. «Aber, liebe Schahrasad», fügte er hinzu, «diese letzte Geschichte, die der Hauptmann mir da gerade erzählt hat, ähnelt dem, was ein König erlebt hat, den ich kenne! Ich möchte mehr darüber hören, wie es den Bewohnern jener Stadt weiter ergangen ist und was sie über den König gedacht und geredet haben, damit ich selbst auch einen Ausweg finde aus dem Übel, in dem ich befangen war.» – «Einverstanden, mit Vergnügen!», antwortete sie.

Du musst wissen, o glücklicher König, dass die Menschen, als sie hörten, dass der König den Brauch, dem er gefolgt war, aufgegeben und von seinem gewohnten Handeln abgelassen hatte, sich freuten und ihm Gottes Segen wünschten. Danach besprachen sie sich miteinander, wie es zur Tötung der Mädchen hatte kommen können. Sie gingen der Geschichte auf den Grund, und es stellte sich heraus, dass es an den Frauen lag. Doch die Gelehrten sprachen zu ihnen: «Die Frauen sind nicht alle gleich, genauso wenig wie die Finger an einer Hand.»

Als König Schahriyar diese Geschichte gehört hatte, merkte er auf und erwachte aus seiner Betäubung. «Bei Gott, dies ist ja meine eigene Geschichte!», sprach er zu sich selbst. «Sie handelt von keinem anderen als von mir! Ich war in Zorn und Unwillen befangen, bis dieses Mädchen hier mich auf den rechten Weg zurückgeführt hat. Gepriesen sei der Begründer aller Gründe, der die Hälse aus den Ketten löst! Ach, Schahrasad», wandte er sich dann an sie, «du hast mich von einer großen Last befreit und aus meiner Torheit aufgerüttelt.» ❧ «Herr aller Könige», antwortete sie ihm, «die Weisen vergleichen das Königtum mit einem Gebäude und die Armee mit dessen Fundament. Wenn das Fundament stark ist, wird das Gebäude lange stehen. Ist das Fundament aber schwach, so stürzt das Bauwerk ein. Darum muss der König seine Armee stets inspizieren, und er muss gerecht gegen seine Untertanen sein, so wie ein Plantagenbesitzer seine Bäume inspiziert und das Unkraut, das von keinem Nutzen ist, wegschneidet. Genau so soll ein König die Befindlichkeiten seiner Untertanen überwachen und ihre Angelegenheiten im Auge behalten. Tyrannei und Gewaltherrschaft soll er von ihnen wegnehmen. ❧ Auch musst du wissen, o König, dass du dir einen Wesir nehmen solltest, und zwar einen aufrichtigen, rechtschaffenen Ratgeber, der eine glückliche Hand hat und die Sorgen der einfachen Leute kennt. Denn Gott – gepriesen sei Er, der Erhabene! – spricht in der Geschichte unseres Herrn Moses – der Segen und der Friede Gottes sei mit ihm und mit allen Propheten und Gesandten – die folgenden Worte: ‹Und gib mir einen Wesir, einen Helfer von meinen Leuten, Aaron, meinen Bruder!› Wenn auf Wesire verzichtet werden könnte, so wäre Moses, der Sohn Imrans, wohl derjenige gewesen, der das am ehesten hätte tun können. ❧ Seinem Wesir erzählt der Sultan alles: sein Geheimes und sein Offenbares. ❧ Wisse außerdem, o König, dass dein Verhältnis zu deinen Untertanen dem Verhältnis eines Arztes zum Patienten gleicht. Für den Wesir aber gilt die Bedingung, dass er aufrichtig sein muss in allem, was er sagt, zuverlässig in allem, was er tut, und viel Verständnis und Mitgefühl für das Volk aufbringen muss. ॐ Ein ehrlicher Vertrauter und guter Berater ist wie ein Parfumhändler: Wenn auch seine Essenzen nicht in deinen Besitz gelangen, so kommst du doch in den Genuss ihres Duftes. Ein schlechter Berater dagegen ist wie ein Schmied: Auch wenn seine Funken dich nicht verletzen, bist du doch ihrem Gestank ausgesetzt. ॐ Dass du dir einen rechtschaffenen Wesir nimmst, ist genauso wichtig, wie dir eine Frau zu nehmen, die dein Gesicht verschönert, denn du wirst dadurch inneren Frieden gewinnen, und der ist schöner als der Putz auf deinem Gesicht. ॐ Wenn es dir gut geht, wird es dem ganzen Volk gut gehen, wenn du aber verdirbst, verderben sie alle.» ॐ Als der König das gehört hatte, wurde er ohnmächtig und sank in einen tiefen Schlummer.

Da überraschte das Morgengrauen Schahrasad, und sie hörte auf zu erzählen. «Ach, Schwester», sagte ihre Schwester Dunyasad zu ihr, «wie köstlich ist deine Geschichte und wie schön und gut und angenehm!» – «Was wisst ihr schon davon», entgegnete sie ihr, «verglichen mit dem, was ich euch morgen Nacht erzählen werde, wenn ich dann noch lebe und mich der König vom Tode verschont? Das wird noch spannender sein als diese Geschichte und noch viel köstlicher, berauschender und aufregender …»

❧ *Die tausendunderste Nacht* ❧

Und als die nächste Nacht gekommen war, sagte Dunyasad zu ihrer Schwester Schahrasad: «Ach, Schwester, ich beschwöre dich bei Gott! Wenn du nicht schläfst, so erzähle uns deine Geschichte zu Ende!» – «Einverstanden, mit Vergnügen!», antwortete sie.

Es ist mir zu Ohren gekommen, o glücklicher König, dass, als der König wieder zu sich gekommen war, Kerzen und Räucherwerk entzündet wurden. Er wies Schahrasad den Platz neben sich auf dem Thron zu und lächelte ihr ins Gesicht. ❧ Sie aber küsste den Boden vor ihm und sagte: «O König der Zeit und Herr deiner Epoche und Lebenszeit! Gepriesen sei der vergebungsvolle Wohltäter, der mich in Seiner Güte und Wohltätigkeit zu dir geführt hat, damit ich dich zu deinem eigenen Inneren führe. Was du getan hast, hat noch kein anderer der Könige vor dir getan. Gott sei Dank dafür, dass Er dich von den Wegen des Todes weggeführt und gerettet hat. Was aber die Frauen angeht, so sind sie nicht alle gleich. Gott, der Erhabene, erwähnt sie ja im Koran, wo er sagt: ‹Die gläubigen Männer und gläubigen Frauen, die frommen Männer und frommen Frauen, die reumütigen Männer und reumütigen Frauen, und die Männer und Frauen, die ihre Scham bewahren.› ❧ Eine solche Sache, wie sie dir widerfahren ist, ist schon vielen anderen Königen vor dir passiert, und oft war es bei ihnen noch viel schlimmer als bei dir, und ihre Frauen haben sie noch viel unverschämter betrogen, obgleich sie noch mächtigere und grausamere Könige waren und noch viel größere Armeen besaßen als du. Wenn ich jetzt anfangen wollte, dir zu schildern, was Frauen alles verbrochen haben, so käme ich mein ganzes Leben lang nicht ans Ende damit. Die tausendundein Nächte, die über meinen Erzählungen bis jetzt vergangen sind, hätte ich leicht alle füllen können, o König, indem ich dir nur einige wenige von den Listen und Tücken der Weiber erzählt hätte, doch hatte ich so viele andere Dinge zu berichten, dass ich mich kurzfassen musste. Doch wenn ich dir erzählen würde, wie die früheren Könige von ihren Frauen betrogen wurden und welche Katastrophen sie mit ihnen erlebten ...» – «Wie war das denn?», fiel ihr der König ins Wort. Da sagte sie:

Man hat erzählt, dass ein Kaufmann einmal in einer Gesellschaft folgendes Erlebnis berichtete:

Das Lustschlösschen

Eines Tages saß ich so in meinem Laden – berichtete der Kaufmann –, als eine schöne Frau auf mich zukam. Sie war wie der aufgehende Mond und hatte eine ebenso schöne Dienstmagd bei sich. Auch ich war damals ein gutaussehender Mann. ❧ Die Frau setzte sich an meinen Ladentisch, kaufte bei mir Stoffe, bezahlte den Kaufpreis und ging wieder davon. Ich fragte die Dienstmagd nach ihr, doch die sagte: «Ihren Namen kenne ich nicht.» – «Und ihren Wohnort?» – «Im Himmel», entgegnete sie. «Aber sie geht doch jetzt auf der Erde spazieren», widersprach ich ihr. «Wann wird sie denn wieder zum Himmel hinaufklettern, und wo steht zu diesem Zweck die Leiter?» – «In einer Festung zwischen zwei Meeren», gab die Dienstmagd zur Antwort. «Sie wohnt nämlich im Palast des Kalifen al-Hakim bi-Amrillah.» – «Ich sterbe!», stöhnte ich. «Hab Geduld», beschwichtigte sie mich. «Sie wird zu dir zurückkommen, um wieder bei dir einzukaufen.» – «Wieso erlaubt der Beherrscher der Gläubigen ihr überhaupt auszugehen?», wunderte ich mich. Darauf entgegnete sie: «Er liebt sie sehr und ist nach ihrer Liebe süchtig. Darum wagt er ihr nicht zu widersprechen.» Mit diesen Worten wandte sich die Dienstmagd um und lief ihrer Herrin nach. ∝ Ich stand auf, ließ meinen Laden offen stehen und folgte ihnen, um ihr nachschauen zu können. Solange sie auf der Straße ging und bis sie in ihrem Eingang verschwunden und hinaufgegangen war, blickte ich ihr hinterher. Dann kehrte ich um. Mein Herz stand in Flammen. ∝ Tage später kam sie wieder zu mir und kaufte bei mir Stoff. Ich weigerte mich, den Kaufpreis anzunehmen, doch sie sagte nur: «Wir brauchen deine Waren gar nicht.» – «Aber meine Dame», beschwor ich sie, «nimmst du denn kein Geschenk von mir an?» ∝ Da griff sie in die Tasche ihres Gewandes, zog einen Beutel hervor und überreichte mir tausend Dinar. «Das ist, um dich auf die Probe zu stellen», sagte sie dazu. «Ich will wissen, was du kannst.» Ich nahm das Geld von ihr entgegen, und sie ging fort und blieb danach sechs Monate verschwunden. ∝ In der Zwischenzeit handelte ich mit dem Geld, kaufte und verkaufte und verdiente weitere tausend Dinar. Nach dieser Zeit erschien sie wieder. «Meine Dame», berichtete ich ihr, «dein Geld hat tausend Dinar eingebracht.» ∝ Sie zeigte mir ihre Zuneigung. «Nimm das hier», sagte sie, wobei sie mir noch einmal tausend Dinar überreichte, «geh zur Insel Roda und baue mir dort ein Lustschlösschen.» ❧ Ich nahm das Geld, begab mich auf die Insel Roda, baute das Schlösschen, richtete es auf die schönste Weise ein und legte es bis in die letzte Ecke mit Teppichen aus. Dann schickte ich einen Boten zu ihr mit der Nachricht: «Ich habe den Ort hergerichtet.» Sie ließ mir antworten: «Wir treffen uns morgen früh am Stadttor Bab Suweila. Nimm dir einen Esel, auf dem du reiten kannst, und warte dort auf mich.» So tat ich es. ❧ Als ich beim Suweila-Tor eintraf, sah ich dort einen jungen Mann stehen und warten. Während wir beide so warteten, erschien sie in Begleitung einer Dienstmagd und wandte sich dem jungen Mann zu. «Bis hierher?», sprach sie ihn an. «So ist es», entgegnete er. «Ich bin heute bei diesem Mann hier eingeladen», sagte sie. «Willst du mit uns kommen?» – «Jawohl, meine Dame», antwortete er. «Wirst du wirklich gegen meinen Willen mitkommen und dich mir aufdrängen?», fragte sie erneut. «Aber natürlich, meine Dame», gab er zurück, «und wenn du willst, sofort und auf der Stelle!» – «Du kommst also unter allen Umständen mit?», wiederholte sie. «Allerdings», bekräftigte er, «das werde ich tun.» Damit schloss er sich uns an, und wir ritten bis zur Insel Roda. ❧ Wir traten in das Lustschlösschen, und sie bestaunte den Bau und seine Ausstattung. Dann legte sie ihre Kleider ab und ließ sich an dem geräumigsten und schönsten Platz nieder. Ich ging hinaus und brachte den beiden ein Frühstück. Danach ging ich abermals hinaus und besorgte ihnen etwas zum Abendessen, danach etwas zum Trinken, dazu Kerzen, Knabberzeug und Duftöle. So bediente ich sie immer weiter, wobei ich ständig auf den Beinen war und die

Dame nicht ein einziges Mal «Setz dich!» zu mir sagte, und auch nicht «Iss etwas!» oder «Trink!». ભ Stattdessen saß sie mit dem Jungen da, und die beiden schäkerten miteinander. Schon küsste er sie, warf sie auf den Boden, setzte sich wie ein Reiter auf sie und gab ihr lachend die Sporen. Sie ließ ihn gewähren und wehrte sich nicht. «Wir sind ja noch gar nicht richtig betrunken!», sagte sie zu ihm. «Komm, lass mich dir etwas einschenken.» ભ Mit diesen Worten nahm sie den Kelch, schenkte ein, gab ihm zu trinken und füllte den jungen Mann mit Wein ab, bis er betrunken war. Dann ging sie mit ihm ins Schlafgemach und blieb für eine Weile darin. Doch ehe ich mich's recht versah, kam sie schon wieder heraus zu mir mit dem Kopf des Jungen in der Hand. ભ Ich bemühte mich, nicht hinzuschauen, und sprach sie auch nicht darauf an, sondern stand nur wie angewurzelt da. «Was ist das?», fragte sie mich. «Ich weiß nicht», murmelte ich. «Würdest du ihn nehmen und ins Wasser werfen?», bat sie mich. «Das ist deine Sache», wehrte ich ab. Da entledigte sie sich all ihrer Kleider, die sie noch am Leibe trug, schnitt die Leiche in Stücke und verpackte sie in drei Körben. «Wirf sie ins Wasser», bat sie mich von neuem, und ich tat es. ભ «Jetzt setz dich hin!», forderte sie mich auf. «Ich werde dir alles erklären, damit du dich nicht ängstigen musst vor dem, was diesem hier widerfahren ist. Du musst wissen, dass ich die Konkubine des Kalifen bin und dass ihm keine andere so lieb und teuer ist wie ich. Ich habe sechs Nächte im Monat frei. An diesen Abenden gehe ich in die Stadt hinunter und besuche meine frühere Herrin. Sobald ich in der Stadt bin, kann ich machen, was ich will. Dieser Junge war der Nachbarssohn meiner Herrin. Eines Tages, ich war noch ein unschuldiges Mädchen, war meine Herrin gerade im Palast bei den großen Herren, denen sie zu Diensten stand, und ich war allein zuhause geblieben. Als die Nacht hereinbrach, stieg ich aufs Dach und legte mich dort schlafen. Doch ehe ich mich's versah, kam dieser da von der Gasse heraufgeklettert, ließ sich auf mich niederfallen und setzte sich rittlings auf meine Brust. Er hatte einen Dolch bei sich, und ich konnte mich seiner nicht erwehren, bevor er mir die Jungfernschaft geraubt hatte. Und das hat ihm noch nicht genügt», fuhr sie fort, «sondern er hat mich vor allen Menschen, denen er begegnete, bloßgestellt, und jedes Mal, wenn ich vom Königspalast hinunter in die Stadt kam, ist er mir hinterhergelaufen, hat mich belästigt und ist mir gefolgt, wohin auch immer ich gegangen bin. Das ist meine Geschichte. Und nun zu dir», wandte sie sich an mich. «Deine Geduld und deine Treue haben es mir angetan, und ich bin entzückt, wie du mir gedient hast.» ❧ Nachdem sie das gesagt hatte, schlief ich mit ihr, und es geschah, was geschah, bis zum Morgen. Dann gab sie mir viel Geld. ❧ Von da an kam sie jeden Monat für einige Tage zu dem Lustschlösschen auf der Insel Roda, und wir wurden ein Liebespaar. Das ging so ein ganzes Jahr lang. ❧ Doch dann blieb sie einen Monat verschwunden. In meinem Herzen brach ein Feuer aus, und als der zweite Monat gekommen war und ich schon auf glühenden Kohlen saß ihretwegen, erschien plötzlich ein junger Diener bei mir. «Ich bin ein Bote und bringe dir Nachricht von der und der», meldete er. «Sie lässt dir ausrichten, dass der Beherrscher der Gläubigen verfügt hat, dass sie und sechsundzwanzig andere Sklavinnen an dem und jenem Tag beim Dorf Dayrattin ertränkt werden sollen, weil sie gegeneinander ausgesagt und Geständnisse abgelegt haben, mit denen sie einander beschuldigten, Unzucht zu treiben. Sie bittet dich, etwas zu tun und dir eine List auszudenken, mit der du sie retten kannst, selbst wenn es dich dein ganzes Vermögen kosten sollte. Denn dies, so lässt sie dir sagen, ist die Zeit, um deine ritterliche Tugend unter Beweis zu stellen.» – «Ich kenne diese Frau nicht», herrschte ich den Diener an. «Wie kommst du Eunuch dazu, mich so in die Enge zu treiben?» Und der Diener ging wieder davon. ∞ Ich aber blieb mit einer gewaltigen Feuersbrunst im Herzen zurück. Wenig später machte ich mich auf, nahm einen Beutel voller Gold, legte meinen Schmuck und Putz ab und zog Schifferskleidung an. Dann begab ich mich nach Dayrattin. Dort stieß ich auf ein Boot mit einem Schiffsmann darin. ∞ Ich besorgte ein Mittagessen, ging zu dem Schiffer hinüber, und wir aßen zusammen. «Vermietest du dieses Boot?», fragte ich ihn. Doch er verneinte. «Der Kalif hat mir befohlen, hierher zu kommen», erklärte er mir und erzählte mir daraufhin die Geschichte der Konkubinen und dass der Kalif sie ertränken lassen wollte. ∞ Nachdem ich das gehört hatte, zog ich zehn Dinar hervor und erzählte ihm meine Geschichte. «Nimm diese leere Kalebasse, mein Herr», entgegnete er darauf, «und wenn deine Freundin kommt, lass es mich wissen. Ich denke mir für dich eine List aus, um sie zu retten.» Ich küsste ihm die Hand und dankte ihm. ∞ Sobald es Abend wurde, erschienen die Soldaten und die Dienerschaft mit den Frauen. Sie alle weinten und klagten und nahmen voneinander Abschied. Dann riefen die Diener uns heran, und wir ruderten mit dem Boot auf sie zu. «Wer ist denn der da?», fragten sie den Schiffsmann. «Das ist mein

Arbeitskamerad», gab er an. «Er ist mitgekommen, um mir zu helfen. So kann einer von uns das Boot festhalten, während der andere euch zur Hand geht.» ❧ Nun packten sie eine der Konkubinen, zerrten sie hoch und übergaben sie uns mit den Worten: «Werft sie bei der Insel hinaus!» Das Mädchen war gefesselt, und die Diener hatten ihr einen mit Sand gefüllten Krug um den Hals gehängt. ❧ Wir führten den Befehl aus und taten danach mit einer Konkubine nach der anderen dasselbe, so lange, bis sie uns meine Freundin übergaben. Da zwinkerte ich meinem Gefährten zu. Ich nahm sie, und wir ruderten mit dem Boot bis in die Mitte des Flusses. Dort schoben wir ihr die Kalebasse in die Hände. «Warte an der Mündung des Kanals auf mich», raunte ich ihr zu und ließ sie neben dem Boot ins Wasser hinabgleiten. ❧ Dann kehrten wir wieder zurück, denn es war noch ein Mädchen übrig, die nach ihr an der Reihe gewesen war. Die nahmen wir und warfen sie ins Wasser, woraufhin sich alle anderen zurückzogen. ❧ Nun wendeten wir das Boot und ruderten wieder zu der Stelle bei der Mündung des Kanals, von der wir gekommen waren. Dort sahen wir sie auf uns warten. Wir ergriffen sie, zogen sie ins Boot hinauf und kehrten mit ihr zu unserem Schlösschen auf der Insel Roda zurück. Sie beschenkte auch den Schiffsmann reichlich, und der nahm sein Boot und ruderte davon. ❧ «Du bist wirklich ein wahrer Freund, der sich den Wechselfällen der Zeit mutig entgegenstellt», lobte sie mich. Danach blieben wir für einige Tage dort. Doch sie ergriff der Schüttelfrost. Das Fieber wütete in ihrem Körper, und sie wurde immer schwächer und kränker, bis sie schließlich starb. Ich trauerte bitterlich um sie, begrub sie und trug dann alles, was im Schloss gewesen war, weg und zu mir nach Hause. ભ Sie hatte aber einmal eine kleine Truhe aus gelbem Messing in unser Lustschlösschen gebracht und an einem versteckten Ort abgestellt, ohne dass ich davon wusste. ભ Als nun die Inspektoren kamen, die den Nachlass zu begutachten hatten, durchsuchten sie das Schlösschen und stießen auf die Truhe, in der noch der Schlüssel steckte. Sie öffneten sie und stellten fest, dass sie randvoll mit Juwelen, Edelsteinen, Ohrgehängen, Ringen aus Gold und anderem Edelmetall war, so viel und so kostbar, wie es nur Könige und Sultane besitzen konnten. Die Truhe beschlagnahmten sie, mich aber nahmen sie fest und zwangen mich unter Schlägen und Folter zum Geständnis, bis ich ihnen die Geschichte vom Anfang bis zum Ende erzählte. ભ Dann führten sie mich dem Kalifen vor, und ich erzählte ihm alles, was mir widerfahren war. «Das ist es, was ich erlebt habe», schloss ich meinen Bericht. «Verschwinde aus diesem Land», entschied der Kalif. «Um deiner Tapferkeit, deiner Verschwiegenheit und deines Todesmuts willen lasse ich dich frei.» Da habe ich mich sofort auf den Weg gemacht und bin abgereist.

«Das ist es, was geschehen ist», beendete Schahrasad ihre Erzählung und fügte hinzu: «Nun staune du nur über diese Begebenheiten, o König, und sage nicht, dass dir allein und keinem anderen etwas Derartiges von den Frauen zugefügt worden wäre. Denn, bei Gott, den Perserkönigen vor dir ist Schlimmeres passiert als das, wo du hineingeraten bist. Und wollte ich dir auseinandersetzen, was die Kalifen, die Perserkönige und andere mit ihren Frauen alles erlebt haben, so dauerte die Schilderung so lange, dass du des Hörens überdrüssig würdest. Darum sei jetzt genug davon. Der Kluge möge sich damit bescheiden und der Verständige davon ermahnen lassen.» Und damit hörte Schahrasad in der ersten Nacht nach tausend Nächten auf zu erzählen. ◌ Nachdem König Schahriyar ihr bis zum Ende zugehört und seinen Nutzen aus dem, was sie gesagt, gezogen hatte, sammelte er sich, bedachte seine Lage, läuterte sein Herz, beruhigte seinen Unmut und kehrte um zu Gott – gepriesen sei Er, der Erhabene! ◌ «Wenn die früheren Könige der Perser noch mehr ertragen mussten als ich», sprach er zu sich selbst, «dann will ich meine Seele nicht länger mit Selbstvorwürfen quälen. Was aber dieses Mädchen angeht, Schahrasad, so gibt es auf der ganzen Welt nicht ihresgleichen. Gepriesen sei Der, der sie den Menschen zur Rettung vor Mord und Hartherzigkeit werden ließ!» Und er erhob sich noch im selben Augenblick und küsste ihr das Haupt. Eine große Freude erfasste sie da, genau wie ihre Schwester Dunyasad. ◌ Sobald es Morgen war, ging der König hinaus in seinen Thronsaal und rief die Würdenträger seines Reiches zusammen: Kammerherren und Hofmarschälle, Emire und Wesire, Beamte und Generäle, sie alle traten zu ihm ein und küssten den Erdboden vor ihm. Er aber zog den Wesir in seine Nähe, zeichnete ihn mit einem Ehrengewand aus und behandelte ihn äußerst großzügig. ◌ Dann erzählte er seinem ganzen Hofstaat, was ihm widerfahren war und dass er von dem, was er zu tun gewohnt war, Abstand genommen und seine Taten bereut habe. Auch gab er ihnen bekannt, er werde Schahrasad, die Tochter des Wesirs, heiraten, und habe den Vertrag dafür schon aufgesetzt. ◌ Als die Anwesenden das hörten, küssten sie den Erdboden vor ihm, freuten sich und wünschten ihm Glück und Segen. Auch die Edelfrau und neue Herrin Schahrasad wünschte dem König Segen, und alle dankten dem Wesir für das Mädchen, das unter seiner Obhut und Erziehung aufgewachsen war. Die Sitzung wurde zur Zufriedenheit aller geschlossen, und die Menschen gingen wieder auseinander und begaben sich nach Hause. ལ Und nun verbreitete sich unter den Bewohnern der Stadt die Kunde, dass der König Schahrasad, die Tochter des Wesirs, heiraten wolle. Da freuten sich die Menschen, und alle Welt, ja, alle Geschöpfe wünschten ihr Segen und dankten ihr für das, was sie getan hatte. ལ Der König war indessen ohne Unterlass damit beschäftigt, die Vorbereitungen für das große Freudenfest zu treffen. Als Erstes schickte er nach seinem Bruder, König Schahsanan. ལ Der kam herbei, und König Schahriyar zog seinerseits hinaus vor die Stadt, um ihm mit seinem Heer einen Empfang zu bereiten. Die ganze Stadt wurde aufs Schönste herausgeputzt. In allen Märkten entzündete man Räucherwerk aus Adlerholz mit Ambra, Moschus und Weihrauch, und alle rieben sich mit purem Safran ein. Dann wurden Trommeln und Tamburine geschlagen und Doppelklarinetten und Rohrflöten geblasen. Es war ein großartiger Tag. ལ Während sie zum Palast hinaufzogen, ließ König Schahriyar die Tafeln decken mit Grillfleisch, Getränken, Süßigkeiten und Gerichten aller Art. Dann befahl er, die Menschen an die Tafel zu rufen und einzuladen zu Speis und Trank. Auf diese Weise wollte er sich mit ihnen aussöhnen. So zogen nun Große und Kleine, Hohe und Niedrige zum Palast hinauf und feierten dort sieben Tage und Nächte lang. ལ *Es wird berichtet:* Dann zog sich König Schahriyar mit seinem Bruder, König Schahsanan, zurück und erzählte ihm alles, was er im Verlauf dreier Jahre mit der

Tochter des Wesirs erlebt und von ihr erfahren hatte: Sprichwörter, Fabeln, Anekdoten, Geschichten und Witze, wahre Begebenheiten, Nachrichten aus den Chroniken und Überlieferungen zur Geschichte vergangener Zeiten, Kassiden und Gedichte. ๛ Sein Bruder war aufs Äußerste erstaunt und entzückt. «Ich möchte ihre Schwester heiraten!», beschloss er. «Dann sind wir zwei Brüder und leben mit zwei Schwestern zusammen. Denn mein Unglück war ja der Grund dafür, dass dein Unglück ans Licht kam. Auch konnte ich die ganzen drei Jahre hindurch keine Frau richtig genießen, sondern habe immer nur mit einer Sklavin aus meinem Besitz geschlafen und sie am nächsten Morgen umgebracht. Jetzt aber verspüre ich das Verlangen, die Schwester deiner Frau zu heiraten, Dunyasad!» ๛ Als König Schahriyar die Worte seines Bruders gehört hatte, freute er sich, stand auf, ging zu seiner Frau Schahrasad und berichtete ihr, was sein Bruder gesagt und dass er um die Hand ihrer Schwester Dunyasad angehalten hatte. ๛ «König der Zeit!», war ihre Antwort. «Stelle ihm die Bedingung, dass er bei uns wohnen bleibt, denn ich kann mich von meiner Schwester nicht trennen. Sie war ja das Mittel zur Rettung! Außerdem sind wir zusammen aufgewachsen und halten es nicht eine Stunde ohne einander aus. Akzeptiert er diese Bedingung, so soll sie seine Sklavin sein.» ๛ König Schahriyar kam wieder hinaus und bestellte seinem Bruder, was sie gesagt hatte. «Genau dasselbe hatte ich auch im Sinn», freute sich Schahsanan. «Denn auch ich mag mich keinen Augenblick mehr von dir trennen. Und für mein Königreich wird Gott – gepriesen sei Er, der Erhabene! – schon jemanden erwählen, den Er dorthin entsenden kann. Ich habe jedenfalls keine Lust mehr auf die Königsherrschaft.» ๛ Als der König die Worte seines Bruders gehört hatte, freute er sich sehr. «Bei Gott, mein Bruder, ich würde es genauso machen», pflichtete er ihm bei. «Gott sei gedankt dafür, dass Er uns wieder vereint hat!» ❧ Daraufhin schickten sie nach den Kadis, Gelehrten, Obersten und Würdenträgern und setzten die beiden Verträge auf, mit denen sie die Schwestern ehelichen wollten. Sie entzündeten Kerzen, brachten Ehrengewänder aus Atlasseide herbei, und dann wurden die Vorschriften der Scharia und der Brauch Muhammads in Anwendung gebracht. ❧ Nachdem sie die Erlaubnis des Wesirs erbeten hatten, schlossen sie den Vertrag. Dann ließen sie die Stadt schmücken, und von neuem begann das Fest. Der König ließ jedem Kadi ein Ehrengewand überreichen, desgleichen den Emiren und Wesiren, Kammerherren, Hofmarschällen und Beamten, und befahl, dass man die Stadt, den Palast und alle Häuser schmücken sollte. ❧ Die Bewohner der Stadt frohlockten vor Freude und Glück. Nun ließ der König Schafe und Ziegen schlachten, und die Köche machten ihre Küchen warm und bereiteten Festmähler, mit denen sie alle Menschen verköstigten. Des Nachts wurden Diener ausgesandt, um das Hammam festlich herzurichten. Sie gossen Rosenwasser, Weidenblütenextrakt und andere Blütenessenzen in die Wasserbecken, sie verteilten kleine, mit stark duftendem Moschus gefüllte Säckchen und rissen sie auf, und sie räucherten mit javanischem Adlerholz und rohem, naturbelassenem Amber. ❧ Nun kamen Schahrasad und ihre Schwester Dunyasad herein, und die Zofen nahmen sie in Empfang, kämmten ihnen die Haare und drehten die Locken ein. Sie kleideten sie in Gewänder und kostbares Geschmeide, wie es nur die Perserkönige tragen. ❧ Eines der Gewänder war mit rotem Gold bestickt. Vögel und Wildtiere, ein Löwe an einer goldenen Kette, zwei spielende Füchslein, ein um seine Blume flatternder Schmetterling und viele weitere Figuren waren darauf dargestellt, und es war mit verschiedenerlei Edelsteinen, Rubinen und grünen Smaragden verziert. ∝ Die beiden Schwestern hatten sich wertvolle Halsketten umgelegt, wie sie nicht einmal Alexander der Große besaß, mit lauter riesigen Edelsteinen, die jedem, der sie sah, Vernunft und Augenlicht raubten und deren Beschreibung allein genügte, um den Verstand zu verwirren. Jedes der beiden Mädchen strahlte heller als Sonne und Mond. ∝ Vor ihnen hatten die Ammen auf goldenen Ständern Kerzen entzündet; im Licht ihrer Flammen erstrahlten ihre Gesichter noch schöner. Ihre Augen blitzten schärfer als ein gezücktes Schwert, und die Wimpern an ihren Augenlidern verzauberten sämtliche Herzen. Alle Wangen röteten sich bei ihrem Anblick, Körper und Gliedmaßen wurden schwach, und jedermann begann mit ihnen zu liebäugeln. ∝ Mit Musikinstrumenten empfingen die Sklavinnen sie. Dann traten die beiden Könige aus dem Hammam und setzten sich auf zwei mit Perlen und Edelsteinen beschlagene Throne. Die beiden Schwestern bewegten sich auf sie zu und blieben vor ihnen stehen, und die Könige besahen sich ihre Schönheit und Anmut. Wie Monde waren die beiden. ∝ Nun führten sie Schahrasad nach vorne und präsentierten sie in ihrem ersten Brautkleid, einem roten Gewand. König Schahriyar erhob sich, um sie zu betrachten. Von ihrem Anblick waren Frauen und Männer gleichermaßen verzaubert, wie es einer der Dichter beschreibt:

Es war, als stecke die Sonne auf einer Gerte in einer Düne,
So strahlte sie in ihrem Kleid im Granatapfelblütenton.

Vom Wein, der in ihrem Mund floss, gab sie mir zu trinken, und
schenkte
Mir ihre Wange: das löschte in mir das heißeste Feuer schon.

Der Erzähler spricht: Danach kleideten sie Dunyasad in ein blaues Gewand mit eingewirkten Streifen, darin war sie so schön wie der aufgehende Vollmond. ❧ Sie führten sie in ihrem ersten Hochzeitskleid vor König Schahsanan, und der freute sich und verging fast vor Leidenschaft und Erregung, so sehr gelüstete es ihn danach, sie zu lieben, als er sie sah. Es war, wie der Dichter sagt:

In einem blauen Kleid kam näher sie,
Blau wie der Himmel und wie Lapislazuli.

Ich sah in ihrem Kleid den Sommermond,
Der kalten Winternächten warmes Licht verlieh.

Es wird berichtet: Nun zogen sie Schahrasad das zweite Brautkleid an, danach das dritte, und ließen ihr fülliges Haar wie einen Schleier darüberfallen. Die langen, schwarzen Locken hingen schwer herab und glichen in ihrer Länge und Schwärze der dunkelsten aller Nächte. Aus ihren Pupillen schoss sie Pfeile in die Herzen. So führten sie sie heran in ihrem dritten Hochzeitskleid, wie es der Dichter beschreibt:

Unter ihrer Haare Schleier stand die Wange so gefährlich,
Dass sie mich zu Tode brachte wie ein Schlangenbiss.

«Du hast ja den Morgen mit der Nacht verschleiert!», rief ich.
«Nein», sprach sie, «sondern den Vollmond mit der Finsternis!»

Der Erzähler spricht: Dann präsentierten sie Dunyasad in ihrem zweiten, dritten und vierten Brautkleid, und sie trat hervor wie die aufgehende Sonne und wiegte sich in den Hüften, um Gefallen zu erregen. Sie war, wie der Dichter sagt:

Die Sonne ging auf, ohne Schleier bot sie den Menschen sich dar,
Und weil sie die Schüchternheit zierte, erschien sie doppelt so
schick.

Doch als sie ihr Antlitz und ihre Lippen zum Himmel erhob,
Da zog sich die Sonne des Tages vor Scham in die Wolken zurück.

Der Erzähler spricht: Darauf zeigten sie Schahrasad in ihrem vierten und fünften Brautkleid, und sie bewegte sich darin so anmutig wie eine durstige Gazelle oder der Zweig einer ägyptischen Weide. Sie war vollkommen in ihren Eigenschaften und von betörender Schönheit, wie es der Dichter so vortrefflich beschreibt:

Tawil

Sie war wie der runde Vollmond in Saads Nachtgemach,
So schlank war ihr Wuchs und doch mit Rundungen hintennach.

Ihr Auge hat alle Menschen in ihre Haft gebracht,
Und mit ihren Wangen tat sie's roten Rubinen nach.

Hinunter bis auf die Hüften wogte ihr schwarzes Haar,
Gib Acht!, da die Schlangenbrut der Locken dich gerne stach.

So weich ihre Seiten waren, war doch so hart ihr Herz,
Das trotz aller Liebe wie ein Stein war, der nie zerbrach.

Vom Bogen der Augenbraue schoss sie den Blickepfeil,
Der selbst aus der Ferne ganz genau in sein Ziel einstach.

Der Erzähler spricht: Nun führten sie wieder Dunyasad heran, in ihrem fünften Brautkleid, danach im sechsten, das war ein grünes Festgewand. Mit ihrer Anmut übertraf sie die Schönen aller Horizonte, und ihr Gesicht strahlte heller als der aufgehende Vollmond. Es war, als hätte der Dichter sie gemeint, als er dichtete:

Ein Mädchen, das die Klugheit selbst tat leiten und erziehen.
Du siehst: Sogar die Sonne ist von ihrer Wang' geliehen.

Sie kam in einem grünen Kleid, das sie so schön verhüllte,
Wie Blätter es verbergen, wenn Granatäpfel blühen.

Ich fragte sie: «So sag mir doch, wie nennt man dieses Kleid?»
Da sagte sie ein schönes Wort und sprach es ohne Mühen:

«Schon viele Herzen brachen wir damit, drum nennen wir's:
Den Herzensbrecher aller Herzen, die vor Liebe glühen.»

Der Erzähler spricht: Danach präsentierten sie Schahrasad in ihrem sechsten und siebten Brautkleid, und das letzte davon war das Gewand eines Jünglings. Darin erschien sie entzückend schön und raubte allen Menschen Verstand und Herz. Ihr Blick war bezaubernd, sie ließ ihre Flanken zittern und ihre Hinterbacken beben, dann legte sie ihre Haare auf das Heft ihres Schwertes und schritt an König Schahriyar vorbei. ଔ Der erhob sich, ging auf sie zu, umarmte sie, wie ein Gastgeber seinen Gast umarmt, erbat sich mit einem Wink ihre Erlaubnis und nahm ihr das Schwert ab. Es war, als hätte einer der Dichter über sie die Verse gedichtet:

Wenn die Schönheit junger Männer
Die der schönsten Frau'n nicht vielfach überträfe,

Zauberten die Zofen wohl den Bräuten
Nicht den Bart auf Wangen, Kinn und Schläfe.

Der Erzähler spricht: Genauso taten sie es mit Dunyasad und König Schahsanan. Und als sämtliche Hochzeitskleider vorgeführt und alle Anwesenden in bester Stimmung waren, zogen sie den beiden Schwestern die juwelenbesetzten Festgewänder aus und führten sie in ihre Brautgemächer, wo jede mit ihrem Bräutigam allein war. ଔ Nun vollzog König Schahriyar die Ehe mit der Herrin Schahrasad und König Schahsanan mit der Herrin Dunyasad, und jeder der beiden wurde satt und gesund an seiner Geliebten. Die Herzen der Menschen waren beruhigt, und das Land belebte sich wieder. ଔ *Es wird berichtet:* Als nun der nächste Morgen anbrach und mit seinem Licht leuchtete und glänzte, kam der Wesir zu ihnen herein, küsste den Erdboden und bedankte sich. Sie empfingen ihn großzügig und mit allen Ehren, dankten ihm und erwiesen ihm ihre Gunst. Danach setzten sie sich auf den Königsthron, und die Wesire und Emire, Obersten, Würdenträger und Beamten stellten sich ein und küssten den Erdboden vor dem König. Der König ließ ihnen Ehrenkleider, Gunstbeweise und Geschenke überreichen, und sie freuten sich sehr und wünschten ihnen dauerhaftes Glück und ein langes Leben. ෬ *Es wird berichtet:* Anschließend schickten die beiden Könige noch einmal nach ihrem Schwiegervater, dem Wesir. Sie schenkten ihm ein kostbares Ehrenkleid, erwiesen ihm ihre Gunst und betrauten ihn mit der Regierung Samarkands und der umliegenden Provinz als Stellvertreter des Königs. Er freute sich mächtig, küsste den Erdboden und wünschte den beiden ein langes Leben. ෬ Dann stellten sich die Eunuchen und Wachtmeister auf, um vor ihm her zu marschieren, und sie schickten ihm fünf der bedeutenden Emire des Reiches mit und befahlen ihnen, ihm zu Diensten zu sein. ෬ Nun trat der Wesir zu seinen Töchtern ein, grüßte sie und nahm Abschied von ihnen. Die beiden küssten ihm die Hände und freuten sich mit ihm darüber, dass er ein Königreich regieren würde. Sie wünschten ihm Glück und Segen, schenkten ihm Geld, kostbare Kleinodien und andere Schätze, und der Wesir machte sich sogleich auf den Weg. ෬ Er begab sich zu den beiden Königen, um sich von ihnen zu verabschieden, und die beiden ritten, begleitet von Heer und Armee, noch eine Tagesreise weit mit ihm hinaus. Dann kehrten sie zurück. ෬ Der Wesir reiste Tage und Nächte hindurch, bis er das Land von

Samarkand erreichte. Drei Tagesreisen weit kam ihm das Volk entgegen, um ihn zu empfangen, und alle waren voll übergroßer Freude. Er zog in die Stadt ein, und es wurde ein großartiger Tag. ❧ Die ganze Stadt war geschmückt, als er den königlichen Thron bestieg und Emire, Wesire und die Großen von Samarkand ihm huldigten. Sie gelobten, ihm zu dienen, und wünschten ihm Erfolg und dauerhaftes Glück. Er zeichnete sie mit Ehrengewändern aus, behandelte sie großzügig und machte ihnen Geschenke. Da sie ja wussten, dass er der Schwiegervater der beiden Könige war, dienten sie ihm gerne, ehrten und achteten ihn und machten es ihm leicht, ihr Sultan zu sein. ❧ *Man berichtet weiter:* Nach dem Aufbruch seines Schwiegervaters versammelte König Schahriyar die Obersten seines Reiches bei sich, ließ ein riesiges Festmahl mit Speisen und Süßigkeiten für sie auffahren, zeichnete sie mit Ehrenkleidern aus, beschenkte und bedachte sie mit Gaben. Dann teilte er die Königsherrschaft zwischen sich und seinem Bruder auf. Die Leute freuten sich und wünschten ihm Gottes Segen. ❧ Und nun nahmen die beiden Brüder ihre Plätze ein und regierten, einen Tag der eine, einen Tag der andere. So hatten sie es miteinander vereinbart. Ebenso waren auch ihre Frauen einander in Liebe zugetan, und so priesen und lobten sie Gott, den Erhabenen, und dankten Ihm. ❧ Eine große Ruhe kam über das Land und seine Bewohner, die Prediger auf den Kanzeln beteten um Segen für sie, und mit den Reisenden sprach sich die Kunde von ihnen in allen Provinzen herum. ❧ Der König aber ließ Chronisten und Schreiber kommen und befahl ihnen, alles aufzuzeichnen, was er mit Schahrasad erlebt hatte, vom Anfang bis zum Ende. Sie gaben dem Werk den

Titel «Das Epos von Tausendundeiner Nacht». Es füllte dreißig Bände, die der König in seiner Schatzkammer verwahren ließ. ca Die beiden Könige führten mit ihren Frauen das köstlichste und genussvollste Leben, denn Gott hatte ihre Sorge in Freude verwandelt. So lebten sie Tage und Nächte, bis der Zerstörer der Genüsse zu ihnen kam und der Trenner der Vereinten sie mit sich nahm. ca Lange nach ihnen herrschte ein anderer König, der war gerecht und gebildet und kannte sich aus mit Überlieferungen aus der Geschichte der früheren Könige und Sultane. Er entdeckte dieses vergnügliche und aufregende Epos, die dreißig Bände, und begann darin zu lesen. Er las das erste Buch, danach das zweite und dritte bis zum Schluss, und jedes der Bücher schien ihm noch entzückendere Geschichten und Überlieferungen zu enthalten als das vorige. ca So fuhr er fort, bis er ans Ende kam. Aufs äußerste verwundert und entzückt von all den Geschichten, die er erfahren hatte – Erzählungen, Anekdoten, lehrreiche Fabeln, historische Begebenheiten, Erinnerungen und Sprichwörter –, befahl er, Abschriften davon anfertigen und in allen Ländern verbreiten zu lassen. ca Und so geschah es, dass die Reisenden die Geschichten in alle Gegenden trugen und man überall davon Kunde bekam. Man nannte sie «Die aufregenden und spannenden Geschichten von Tausendundeiner Nacht».

Hier endet ihre Geschichte, so wie sie uns überliefert wurde, vollständig und ganz. Gott bewahre uns davor, etwas hinzugefügt oder weggelassen zu haben. Und Gott segne unseren Herrn Muhammad, seine Familie und seine Gefährten und schenke ihnen Frieden.

Gegen Dummheit ist kein Kraut gewachsen,
genauso wenig wie gegen das Wechselfieber im Herbst.

Dr. Claudia Ott, Arabistin, Übersetzerin und Musikerin, gehört international zu den führenden Kennern von *Tausendundeine Nacht.* Sie studierte Orientalistik in Jerusalem und Tübingen, hat an den Universitäten in Berlin und Erlangen gelehrt und geforscht und unterrichtet an der Universität Göttingen.

Vortragsreisen führten sie u. a. nach Wien, Istanbul, Yale und Harvard.

Während eines Studiensemesters in Kairo wurde Claudia Ott Schülerin des Komponisten Abdo Dagher und erhielt bei Rizq Ali Suleiman Unterricht in arabischer Rohrflöte *(nāy).* Sie ist Mitglied verschiedener internationaler Ensembles für orientalische Musik und arbeitete mit Künstlern wie Günter Grass und Mahmud Darwisch zusammen. Mit ihren Erzählkonzerten, szenischen Lesungen und wissenschaftlichen Vorträgen vermittelt sie den Zauber von *Tausendundeine Nacht* einem breiten und begeisterten Publikum im gesamten deutschen Sprachraum.

Claudia Ott arbeitet seit vielen Jahren an einer Neuübersetzung von *Tausendundeine Nacht* nach den ältesten arabischen Quellen. Ihre deutsche Erstübersetzung der Galland-Handschrift in der Edition von Muhsin Mahdi wurde von der Kritik gefeiert und schnell zum Bestseller (C.H.Beck, 2004). Für diese Übersetzung, die inzwischen als Standardwerk gilt, erhielt sie den Johann-Friedrich-von-Cotta-Preis. Aufsehen erregten auch ihre Entdeckung und Übersetzung des ältesten Manuskripts von *101 Nacht* (Manesse, 2012) und die erstmalige Erschließung des «Glücklichen Endes» von *Tausendundeine Nacht* (C.H.Beck, 2016).

Pressestimmen zur Übersetzung von Claudia Ott

«Mal zupackend und fast derb, jedenfalls dicht am Alltagsleben, mal poetisch und phantasievoll, immer aber schlicht unwiderstehlich.» *Denis Scheck, ARD Druckfrisch*

«Während frühere Übersetzer aus Scheherazades Geschichten oft artige Kindermärchen machten, bewahrt Ott viel vom Charakter der arabischen Vorlage.» *DER SPIEGEL*

«Wenn die Orientalistin Claudia Ott jetzt ‹Tausendundeine Nacht: Das glückliche Ende› in einer fulminanten Übersetzung präsentiert, darf das durchaus als Sensation und literaturhistorischer Meilenstein gefeiert werden.» *Welt am Sonntag*

«Eine Hymne an die Macht des Erzählens, an die Macht der Literatur.» *Joachim Sartorius, Literaturen*

«Es gibt sie doch noch, die editorischen Überraschungen und verblüffenden Entdeckungen. … Und es tritt ein pralles, subtiles, gar nicht hausbacken-prüdes Kompendium, ein erotisches, vielsträngiges faszinierendes Hauptwerk der Weltliteratur zutage. Nicht zuletzt ist dieses Buch ein emphatischer Hochgesang auf die Frauen, auf ihren Mut, ihre Weisheit, ihre Schönheit.» *Rheinischer Merkur*

Tausendundeine Nacht	**Tausendundeine Nacht** *Das glückliche Ende*
Nach der ältesten arabischen Handschrift in der Ausgabe von Muhsin Mahdi erstmals ins Deutsche übertragen von Claudia Ott	Nach der Handschrift der Raşit-Efendi-Bibliothek Kayseri erstmals ins Deutsche übertragen von Claudia Ott
699 Seiten mit 4 Kalligraphien von Mustafa Emary und 1 Karte. Leinen Neue Orientalische Bibliothek ISBN 978-3-406-51680-1	428 Seiten mit 7 Kalligraphien von Mustafa Emary, 14 Fotografien und 1 Karte. Leinen Neue Orientalische Bibliothek ISBN 978-3-406-68826-3